POUR TOUJOURS NOUS

JESSICA SORENSEN

POUR TOUJOURS NOUS

Traduit de l'anglais (États-Unis)
par Charlotte Faraday

hachette

Un grand merci à mon agent, Erica Silverman,
et mon éditrice, Amy Pierpont, pour leur soutien et leurs conseils.
Je vous en serai éternellement reconnaissante.
À ma famille : merci de nous soutenir, moi et mon rêve.
Vous avez été formidables.
Et, à tous ceux qui liront ce livre, mille fois merci.

Photo de couverture : © Getty Images / Cavan Images

Traduit de l'anglais (États-Unis) par Charlotte Faraday

L'édition originale de cet ouvrage a paru en langue anglaise
chez Forever, an imprint of Grand Central Publishing,
sous le titre :
THE EVER AFTER OF ELLA AND MICHA

Hachette Livre, 43 quai de Grenelle, 75015 Paris.

À mes lecteurs : ce livre est pour vous.

CHAPITRE 1

Micha

Je ne comprends pas. Je ne comprends pas pourquoi Ella me fait faux bond à notre propre mariage. Après tout ce qu'on a vécu, elle n'a même pas pris la peine de m'appeler ou de m'envoyer un message pour me prévenir.

Je n'arrête pas de penser au jour où on s'est embrassés sur le pont, ce jour où elle m'a dit pour la première fois qu'elle m'aimait. Le lendemain matin, je suis allé la voir pour en discuter avec elle. J'ai grimpé sur notre arbre et je suis entré dans sa chambre, où j'ai été accueilli par un lit vide.

Ella était partie.

Son départ, son absence, le fait de n'avoir aucune idée d'où elle était passée… c'était comme si j'avais perdu un bras. Comme si on m'avait arraché le cœur. Et voilà que je suis en train de revivre la même chose.

Le chauffeur de taxi traverse notre quartier à la vitesse d'un escargot. Lila et Ethan sont assis à côté de moi, en silence.

— Vous pouvez accélérer un peu ?

Le chauffeur me lance un regard noir dans le rétroviseur.

— Je respecte les limitations de vitesse.

— On se fout des limitations de vitesse !

Je me penche contre la cloison en plastique qui nous sépare de lui. Lila pose une main sur mon bras.

— Calme-toi, Micha.

Ses cheveux blonds et sa robe rouge sont trempés et dégoulinent sur les sièges en cuir. Pendant qu'on attendait Ella, Lila et Ethan ont tué le temps en sautant dans l'océan du haut d'une falaise. Aujourd'hui, on aurait tous dû s'amuser. Au lieu de ça, Ella a préféré me poser un lapin.

À notre mariage.

Je donne un coup de poing dans la cloison. Je suis en train de perdre mon sang-froid. Je n'arrive pas à croire qu'Ella ait fui une nouvelle fois.

— Appuyez sur cette foutue pédale !

— Arrête, Micha ! me coupe Lila. Ça ne sert à rien.

Ses yeux bleus sont fixés sur moi. Elle me tire par le bras pour m'éloigner de la paroi. Le chauffeur me regarde de travers.

Je passe une main dans mes cheveux et déboutonne le haut de ma chemise. J'étouffe. Lila sort son portable et tente d'appeler Ella pour la énième fois. Messagerie. Ethan ne dit pas un mot, mais je sais ce qu'il pense de tout ça. Il pense que j'aurais dû m'y attendre. Que c'était prévisible. Ce qu'il ne comprend pas, c'est *pourquoi* Ella a tendance à me faire ce genre de plans. C'est parce qu'elle a peur, parce qu'elle hésite ou qu'elle s'en veut. Pas parce qu'elle ne m'aime pas. Elle est comme ça depuis toujours. Je le sais bien, tout comme je sais que, quoi qu'il arrive, on finira ensemble.

Le taxi ralentit enfin devant notre maison. Je n'attends même pas que la voiture soit arrêtée pour ouvrir la portière. Je glisse quelques billets dans la fente de la cloison et je saute sur le trottoir. Ethan me hurle de me calmer, mais je fais comme si je n'avais rien entendu et je traverse la pelouse à toute allure. Au passage, j'écrase les fleurs qui bordent la petite allée menant à la porte d'entrée.

Je me souviens du jour où on a visité la maison pour la première fois. C'était il y a six mois. Ma mère nous avait mis en contact avec un agent immobilier à San Diego, et il nous a tout de suite parlé de cette maison-là. La vieille dame qui nous la loue l'a achetée pour une poignée de dollars à l'époque où l'immobilier n'était pas encore en crise, et le loyer est pile dans notre budget.

Avec Ella, on a pris le temps d'inspecter chaque pièce, puis le petit jardin à l'arrière.

— Qu'est-ce que tu en penses, jolie fille ?

Elle a haussé les épaules, les yeux rivés sur les volets jaunes du salon. Je voyais bien qu'elle essayait de contenir son enthousiasme. Elle avait des étoiles dans les yeux.

— C'est une maison comme une autre.

Je me suis planté derrière elle et j'ai enroulé mes bras autour de sa taille. J'ai approché ma bouche de son oreille.

— Une maison dans laquelle tu te verrais vivre ?

— Peut-être, oui.

Je lui ai pincé les fesses et elle a hurlé comme une gamine.

— Je te connais, Ella. Je sais que tu es en train d'imaginer tous les coins où je pourrais te faire l'amour.

Elle a frissonné et, à ce moment-là, j'ai su que c'était notre maison. On a emménagé une semaine plus tard. Depuis, je bosse sur mon album dans un petit studio pas loin de chez nous. J'enchaîne les concerts et je joue enfin avec des musiciens qui me ressemblent. Ella continue d'aller à l'université et, à côté, travaille dans une galerie d'art.

Un jour, on a décidé qu'il était temps de se marier. Ella avait envie d'un mariage discret. Il aurait lieu à San Diego, pas à Star Grove, et on n'en parlerait à tout le monde qu'une fois que ce serait fait. Les seules personnes présentes seraient le pasteur, Lila et Ethan. Je n'ai pas adressé la parole à mon père depuis que je lui ai fait un don de sang et de moelle. De toute manière, je ne l'aurais pas invité. Quant à ma mère, elle va crier au scandale quand elle apprendra qu'on s'est mariés sans elle... Enfin, elle *aurait* crié. Maintenant, je ne sais même pas si ce mariage aura lieu un jour.

J'entre en trombe dans la maison. Je balaie le salon du regard, à la recherche d'un signe, d'un mot d'Ella... N'importe quoi qui me prouve qu'elle est partie. J'ouvre la porte du fond et jette un œil dans le jardin. Personne. Je passe devant la salle de bains et, sans grande conviction, j'entre dans la chambre.

Je bondis de surprise. Ella est assise sur le lit, vêtue de sa robe de mariée blanc et noir, les jambes repliées et le menton posé sur les genoux. Le bas de la robe remonte jusqu'à ses chevilles, révélant une paire de rangers noires.

Elle est parfaite. Fidèle à elle-même.

Je souris de soulagement… jusqu'à ce qu'elle lève la tête vers moi. Ses grands yeux verts sont emplis de tristesse. J'enjambe une pile de vêtements, un tas de croquis et ma guitare, puis je m'assois à côté d'elle. Je repousse les mèches de cheveux qui lui tombent devant les yeux et je les glisse derrière son oreille. J'attends qu'elle me parle. Qu'elle m'explique. Je n'ai aucune idée de ce qui se passe dans sa tête.

On reste assis en silence. Plus elle attend, plus j'appréhende. Ethan et Lila approchent de la maison. Ils parlent à voix basse et je les entends faire demi-tour avant même de passer la porte, comme s'ils avaient senti qu'il valait mieux nous laisser seuls.

Ella pousse un long soupir et me regarde droit dans les yeux en se mordillant la lèvre.

— Je suis désolée, Micha.

— Qu'est-ce qui s'est passé ? Je croyais… Je croyais qu'on en avait tous les deux envie.

Elle lève son menton de ses genoux.

— C'est le cas. J'en ai toujours envie.

— Tu en es sûre ? Parce que tu n'es pas venue à la cérémonie, et tu ne répondais pas au téléphone… Je pensais que…

Il faut que je lutte pour garder mon calme. J'ai peur qu'Ella me quitte. *Trop* peur.

— Il fallait que je réfléchisse avant de t'en parler.

— Me parler de quoi ?

— Du mariage.

Elle regarde partout autour d'elle, comme si elle cherchait une issue, mais elle finit par replonger ses yeux dans les miens.

— L'autre jour, j'ai eu ta mère au téléphone. Elle voulait savoir si tu souhaitais quelque chose de particulier pour ton anniversaire, et elle m'a demandé si on rentrait à Star Grove pour Noël.

— C'est… gentil de sa part. Mais je ne vois pas où est le rapport avec notre mariage.

— Elle m'a demandé si on avait fixé une date. Je… je ne savais pas que tu lui avais caché qu'on se marierait ici.

— Est-ce que tu lui as dit ?

— Je ne sais pas mentir, Micha. Tu le sais bien. Par contre, je ne lui ai pas avoué qu'on avait l'intention de se marier sans elle.

Je ne vois toujours pas où elle veut en venir. Ses seins manquent de s'échapper de son décolleté tellement sa respiration est saccadée. Elle se met à genoux sur le lit. Je pousse le lourd tissu de sa robe pour me rapprocher d'elle.

— Dis-moi ce qui ne va pas, jolie fille. Quoi que ce soit, tu peux m'en parler.

J'espère juste qu'elle n'a pas changé d'avis. Qu'elle veut toujours m'épouser.

Je caresse son poignet avec mon pouce. J'essaie de faire bonne figure, mais c'est de plus en plus dur. Elle me fait vraiment peur. Je pensais qu'on avait franchi un cap, elle et moi. Le jour où elle a glissé ma bague sur son annulaire… C'était le plus beau jour de ma vie. Je pensais qu'on allait vivre plein d'autres moments de joie comme celui-là, mais je commence à me demander si je ne me suis pas fait des illusions.

— Parfois, j'ai du mal à savoir ce que je veux vraiment, me dit-elle en fermant les yeux.

— Je sais, Ella.

Ses paupières se soulèvent et ses pupilles se rétractent à la lumière.

— Micha, je pense… Je pense qu'on devrait…

Ses mains tremblent dans les miennes. Je retiens mon souffle.

— Je pense qu'on devrait rentrer à Star Grove et se marier avec nos familles.

Elle détourne le regard en faisant la grimace, comme si elle s'attendait à ce que je hurle d'indignation. Sauf que, tout ce que je ressens, c'est du soulagement. Je suis tellement soulagé que j'en éclate de rire.

Ella me pince le torse, surprise et vexée par ma réaction.

— Arrête, Micha ! Je suis sérieuse.

— Je sais. Excuse-moi.

Mais rien ne peut m'arrêter. Et plus je ris, plus Ella est en colère. Elle finit par soulever sa robe et descendre du lit. J'enroule mes bras autour d'elle pour l'en empêcher. Elle tombe en arrière sur le matelas et je m'allonge sur elle.

— Ce n'est pas drôle, Micha ! J'essaie de te dire ce que je ressens et tu te moques de moi !

— Je suis désolé. Tu es trop mignonne, Ella.

Elle me tire la langue.

— Je ne suis pas mignonne.

— Si. Il n'y a pas d'autre mot.

Je dépose un baiser sur sa joue.

— Je t'aime, Ella. Et on peut se marier où et quand tu veux, à condition qu'on se marie *un jour* et que tu ne me poses plus jamais de lapin.

— Je suis vraiment désolée. J'ai paniqué, c'est tout.

— La prochaine fois, viens m'en parler. Ou envoie-moi un texto.

— D'accord.

— Et tu n'as rien d'autre à me dire ?

— Non.

Pourtant, il y a quelque chose dans son regard qui ne me plaît pas. De la tristesse et… de l'inquiétude. Je m'apprête à lui demander ce qui ne va pas, mais elle pose ses lèvres sur les miennes et j'oublie tout. Du moins, le temps d'un baiser.

Je ne peux pas m'empêcher de me faire du souci pour Ella. Son désir de se marier entourée de sa famille ne me rassure pas. Sa relation avec son père et son frère s'est améliorée, mais il arrive encore que l'un d'eux reparle du passé, et je sais à quel point ça la remue. Même si son père a vraiment changé, je lui en veux toujours de ce qu'il lui a fait subir. D'avoir laissé sa propre fille croire qu'elle était responsable de la mort de sa femme, au point de lui donner envie de mourir, à elle aussi…

Ella va mieux, mais elle est souvent rattrapée par ses démons. J'espère qu'elle ne se sert pas de l'excuse de Star Grove pour repousser le mariage.

J'espère qu'Ella veut vraiment m'épouser.

CHAPITRE 2

Ella

J'aimerais y arriver. J'aimerais offrir mon cœur à Micha pour toujours. Le problème, c'est que j'ai du mal à me projeter dans l'avenir. J'ai peur de voir ce qui m'attend et quelle personne je vais devenir.

Je ne veux plus être cette fille, si terrifiée par son passé qu'elle en oublie de vivre. Je veux sortir de cette spirale infernale. Être plus forte. Mériter d'être aimée et apprendre à faire plaisir à ceux que j'aime. Je pensais que j'y étais parvenue… jusqu'à ce que je reçoive cette boîte. Celle que le facteur a déposée hier sur le pas de ma porte.

Celle qui contenait les affaires de ma mère.

Voilà pourquoi je n'ai pas réussi à me rendre à mon propre mariage. Pas parce que je n'aime pas Micha, mais parce que je suis à nouveau perdue. À cause de cette boîte et de ce qui s'y cachait. Le journal intime de ma mère, des dessins et des photos d'elle. Tout ce qui restait de sa vie, emballé dans un petit paquet.

Je devrais être heureuse d'avoir enfin l'opportunité d'en apprendre davantage sur elle, mais l'arrivée du colis a fait ressurgir mon passé et remis en question mon futur. Depuis, je me demande à quoi va ressembler ma vie. Où vivrai-je dans cinq ans ? Serai-je folle ou saine d'esprit ? Micha sera-t-il encore musicien ? Travaillerai-je toujours dans une galerie d'art, ou vendrai-je mes propres dessins ? Micha m'aimera-t-il toujours autant ? Aurons-nous des enfants ? Cette dernière question me fait particulièrement peur. Je ne me suis jamais imaginée mère, et les seuls souvenirs que j'ai de la mienne sont ceux où je m'occupais d'elle. Je ne veux pas faire la même erreur. Ce n'est pas aux enfants de s'occuper de leurs parents.

En plus de paniquer, je me suis mise à culpabiliser vis-à-vis de la mère de Micha. Je m'en voulais d'épouser son fils sans elle. Je savais qu'elle le vivrait mal, et Micha aurait fini par s'en vouloir, lui aussi.

Enfin – et je sais que cela semble fou –, j'aimerais que ma mère soit près de moi le jour de mon mariage, et la seule solution est de me marier à Star Grove, là où elle est enterrée.

Micha a fini par me rejoindre à la maison et je lui ai fait part de ma décision, qu'il a plutôt bien prise. J'ai enlevé ma robe, enfilé un jean et un tee-shirt, et commencé à faire ma valise. C'est officiel : nous nous marierons à Star Grove. Je range dans mon grand sac la boîte avec les croquis et le journal intime de ma mère pour le lire plus tard, quand je serai prête.

Micha a enlevé son costume et l'a plié dans sa housse pour le ramener à la boutique où il l'a loué. Il porte un jean noir délavé, un tee-shirt noir, sa montre noire et ses bottes. Je le trouvais sexy en costard, mais je le préfère comme ça.

J'enfonce ma robe de mariage dans le sac et j'appuie de toutes mes forces pour essayer de le fermer. En fait, c'est la robe de Lila. Elle me l'a prêtée lorsque nous sommes passées chez ses parents pour récupérer des affaires à elle. Ce jour-là, j'ai eu l'occasion de rencontrer sa mère. Une femme arrogante et cruelle. J'ai enfin compris pourquoi Lila souhaite ne plus aller la voir. Cela fait quelques jours que nous sommes revenues et elle ne veut toujours pas en parler. Je ne suis pas du genre à forcer les gens à se confier, alors, pour l'instant, je la laisse tranquille.

Je m'acharne sur la fermeture éclair, mais la robe est trop bouffante. Micha me donne un coup de coude pour que je me décale. Il ferme le sac en quelques secondes.

— Je pense qu'on devrait se marier le jour de Noël, me dit-il. Après tout, c'est le plus beau jour de l'année.

— Peut-être, mais est-ce qu'on aura vraiment envie de fêter notre anniversaire de mariage en même temps que Noël ?

— Tu as raison… Mais souviens-toi que c'est aussi ce jour-là que je t'ai demandée en mariage, il y a tout juste un an. La boucle serait bouclée.

Instinctivement, mon regard se pose sur la bague de fiançailles à mon doigt. La pierre noire étincelle à la lueur du soleil, qui fait ressortir ses rayures et ses imperfections.

— D'accord, mais à une seule condition. Pas de décorations de Noël. Pas de rennes, ni de guirlandes, ni de sapin.

— OK, Ella. Tout ce que je veux, c'est que tu m'épouses. Je me fiche de la déco.

Je lui fais un grand sourire même si, au fond, je suis terrifiée. Nous sortons de la maison pour déposer nos sacs dans sa Chevelle. Il fait demi-tour pour aller chercher les clés, qu'il a oubliées sur la table. De l'autre côté de la rue, un Père Noël gonflable me salue de la main… ou c'est plutôt la brise qui le fait bouger. Il n'y a presque jamais de vent, ici. Rien à voir avec la neige et le froid qui nous attendent à Star Grove…

Star Grove. Ma ville natale. La ville où j'ai perdu pied et où je me suis reconstruite. Celle qui renferme tous mes souvenirs, les plus beaux comme les pires. J'espère que j'ai pris la bonne décision. J'espère que tout va bien se passer. Plus je reste là, les yeux rivés sur ce fichu Père Noël, plus je doute.

Micha me rejoint enfin avec Lila, qui fait rouler sa valise le long de l'allée. Il m'embrasse et soulève la valise pour la mettre dans le coffre.

— Est-ce que tu vas demander à ton père de te conduire à l'autel ? me demande Lila avec enthousiasme.

Je tends mon sac à Micha, qui ne me quitte pas des yeux en me le prenant des mains, curieux d'entendre ma réponse.

— Il n'y aura pas d'autel, Lila. Ni d'allée.

Et je ne veux pas que mon père me donne à Micha. Cela ne me dérange pas qu'il soit présent, mais ce n'est pas lui qui me guidera jusqu'à la ligne d'arrivée alors qu'il était absent pendant la première partie du parcours.

Lila pose ses mains sur ses hanches.

— Bien sûr qu'il y aura une allée !

Micha éclate de rire.

— Je pense que ta copine a une idée derrière la tête, jolie fille.

Je m'apprête à les rembarrer lorsque Ethan sort à son tour, son sac à la main.

— Vous êtes sûrs de ne pas vouloir vous marier à Las Vegas ? nous demande-t-il en approchant. Franchement, je n'ai envie de voir ni ma mère, ni mon père, ni Star Grove.

— Laisse-les tranquilles, lui dit Lila. Ella et Micha méritent un beau mariage, pas une cérémonie à deux balles dans une fausse église.

Elle se met sur la pointe des pieds, dépose un baiser dans son cou et lui murmure quelque chose à l'oreille en jouant avec ses cheveux.

Ethan et Lila forment un joli couple. Ils vont vraiment bien ensemble, surtout depuis qu'elle a changé de style. Elle est passée de la jeune fille sage à un look un peu plus… grunge. Ses cheveux blonds lui arrivent au menton et sont parsemés de mèches noires, assorties aux cheveux d'Ethan. Elle porte un jean et un débardeur sans marque, contrairement à tous les vêtements de sa garde-robe d'avant. Ethan, lui, porte une chemise à carreaux, un vieux jean et des baskets qu'il a depuis des années. Lila est plus petite que lui et blottit sa tête contre son torse. À les voir ainsi, avec ma maison en arrière-plan et le soleil couchant qui illumine leurs visages, je me surprends à avoir envie de les dessiner.

Après quelques baisers et autres messes basses, Lila parvient à convaincre Ethan de nous suivre et d'arrêter de se plaindre. Il finit même par reconnaître que se marier à Las Vegas était une mauvaise idée et que Micha et moi méritons mieux que cela.

— Une semaine… Ça fait court pour préparer un mariage, réfléchit Lila en posant ses lunettes de soleil sur son nez. Il va falloir s'occuper de la déco, des fleurs, des robes, des invités… J'aurais aimé avoir un peu plus de temps pour tout organiser.

— Franchement, j'aimerais autant que tu n'organises rien.

Elle fronce les sourcils, visiblement déçue.

— Ce n'est pas contre toi, Lila. C'est juste que… j'ai envie de me marier, mais je me fiche du reste.

— Je suis d'accord avec Ella, ajoute Micha. On se fiche de la déco. Et on n'a pas besoin de robes ni de costards. Tiens, et si on se mariait tout nus dans mon jardin ?

Il me fait un clin d'œil et Lila éclate de rire. Micha ouvre sa portière et avance le siège pour laisser passer Ethan, qui s'installe sur la banquette arrière. Lila prend place à côté de lui puis je m'assois à l'avant. Je ferme la portière et j'abaisse le pare-soleil.

Micha allume le moteur.

— Tout le monde est prêt ?

Il nous regarde chacun notre tour, mais je sais que seule ma réponse l'intéresse. Je mets quelques secondes à réagir. Mon hésitation l'inquiète. Je ravale ma salive et j'ouvre enfin la bouche, la voix tremblante :

— Bien sûr.

— Parfait.

Il fait marche arrière le long de l'allée pour rejoindre l'autoroute qui mène à Star Grove. La ville où Micha et moi nous sommes rencontrés, nous sommes embrassés et nous sommes dit « je t'aime » pour la première fois.

Là où notre histoire a commencé.

*

Nous roulons pendant des heures. La lune perce le ciel noir et les arbres défilent à toute vitesse des deux côtés de la route. La musique s'échappe des haut-parleurs et Ethan ronfle à l'arrière, Lila contre lui.

J'ai mon carnet sur les genoux et un crayon à la main. Je suis censée travailler sur mon portfolio pendant les vacances de Noël. Il doit être prêt avant la remise des diplômes, au mois de mai. Je ne sais pas encore ce que je compte faire une fois mon diplôme en poche, mais je sais que cela aura un rapport avec l'art. Si c'était possible, je passerais mes journées avec Micha, à dessiner en l'écoutant chanter. Et pas nécessairement pour vendre mes dessins. Ce serait un plus, certes, mais je pense que créer pour gagner de l'argent finirait par m'ôter ma passion.

Pour l'instant, les pages de mon carnet sont soit blanches, soit couvertes de croquis inachevés. Elles devraient être remplies de dessins qui me ressemblent et qui procureraient une émotion à ceux qui les verraient. J'aimerais, à travers mon art, raconter mon histoire. Le problème, c'est que je ne sais pas par où commencer et que tout ce que j'entame paraît forcé.

— J'hésite à avouer à ma mère que j'ai failli me marier sans elle, me dit Micha.

Je sursaute dans mon siège, surprise par le son de sa voix. J'étais complètement perdue dans mes pensées.

— Ça va, Ella ? Tu as l'air… ailleurs.

— Non, tout va bien. Et je pense que tu ne devrais rien dire à ta mère.

Je pose mon carnet et mon crayon à mes pieds. Je plaque la tête contre la vitre et regarde les étoiles dans le ciel, essayant de ne pas penser au journal de ma mère qui m'attend dans le coffre. Ma mère, qui ne sera pas là à mon mariage.

— Qu'est-ce qu'il y a, jolie fille ? Tu as peur qu'elle nous en veuille ?

Il écarte des mèches de cheveux blonds de devant ses yeux turquoise, qui brillent même dans la pénombre.

— Je n'ai pas peur. J'espère juste qu'elle ne sera pas en colère.

Il attrape ma main et y dépose un baiser. Son piercing à la lèvre appuie sur ma peau. Il entremêle nos doigts et pose nos deux mains sur le levier de vitesse.

— Tu es sûre qu'il n'y a rien d'autre qui te tracasse ? Tu n'as pas peur de clamer haut et fort ton amour pour moi devant nos familles ?

— De quoi tu parles ?

— De nos vœux de mariage, Ella. Ne me dis pas que tu as oublié.

Je tourne la tête vers la vitre pour cacher mon embarras. Entre l'arrivée de la boîte hier matin et ma panique à l'idée de me marier, j'ai complètement oublié cette histoire de vœux. Micha a proposé que nous écrivions nos propres vœux de mariage, et j'ai accepté parce qu'il n'y aurait que Lila, Ethan et un pasteur à les entendre. Je savais que mes vœux n'arriveraient pas à la cheville de ceux de Micha. Il écrit des chansons à tomber par terre et il est vraiment doué avec les mots. Pas moi. Surtout lorsqu'il s'agit de parler de mes sentiments. Il n'y a qu'en dessinant que j'arrive vraiment à m'exprimer.

En voyant ma tête, Micha éclate de rire. Depuis que nous sommes ensemble, il a l'air tellement heureux que j'en ai mal au cœur. Parce que je devrais être heureuse, moi aussi. Et je le suis, la plupart du temps, mais il y a toujours des choses qui m'inquiètent, comme le journal, nos vœux, mon avenir, ce que je voudrais faire de ma fichue vie…

— J'avais complètement oublié, Micha. Mais ce n'est pas parce que je ne t'aime pas.

— Je sais.

— Je suis désolée.

— Tu n'as pas à t'excuser, Ella. Et on n'est pas obligés d'écrire nos vœux si tu n'en as pas envie.

— J'en ai envie. Ça m'était juste sorti de la tête.

C'est un pur mensonge, mais je veux lui faire plaisir. Il le mérite.

— Tu en es sûre ?

Non.

— Oui, sûre et certaine.

J'ai la voix qui tremble, mais je ne pense pas qu'il s'en soit rendu compte. La vérité, c'est que je ne suis jamais sûre de rien. La moindre prise de décision me fait paniquer. J'aimerais changer, mais certains problèmes s'obstinent à m'empoisonner la vie.

Micha m'offre un grand sourire et cela me rend triste. J'aimerais être aussi sereine et confiante que lui, mais je n'y arrive pas. Pas encore.

*

Je me suis endormie entre la bretelle de sortie et le pont, celui duquel j'ai failli sauter avant de fuir à Las Vegas. Lorsque j'ouvre les yeux, Micha est en train de se garer devant sa maison, qui est collée à la mienne. Le soleil se lève derrière les montagnes. Le quartier est revêtu d'un manteau de neige, les rues et les allées sont couvertes de plaques de verglas. Des guirlandes de Noël vertes et rouges illuminent quelques maisons, mais la plupart ont des vieux cartons et des sacs-poubelle crevés en guise de décoration. Un jeune est en train de dealer au coin de la rue et un mec hurle sur sa femme, qui court le long du trottoir en pyjama.

Micha s'étire en bâillant.

— Bienvenue à la maison, murmure-t-il.

— Tu aurais dû me laisser conduire. Tu as l'air crevé.

— Ne t'inquiète pas pour moi. J'ai bien l'intention d'aller me coucher, mais pas avant d'avoir pris une longue douche avec toi… si tu vois ce que je veux dire.

— La ferme ! grogne Ethan en faisant la grimace.

Ses cheveux noirs sont aplatis du côté où sa tête appuyait contre la vitre et ses grands bras tatoués enlacent Lila. Elle dort paisiblement, la tête posée contre son torse.

— Tu n'as plus le droit de nous en vouloir, dis-je à Ethan en détachant ma ceinture. Tu as eu ta revanche hier.

— Qu'est-ce qui s'est passé ? me demande Micha.

Il ouvre la portière et un courant d'air glacé s'engouffre dans la voiture.

— En rentrant du boulot, j'ai entendu des bruits *suspects* venant de la chambre d'amis.

— C'est vrai ? rigole Micha. Si tu veux, on peut se venger.

— Non, pitié ! supplie Ethan en s'étirant. J'en ai déjà bien assez entendu comme ça.

— Et si on parlait d'autre chose ? marmonne Lila. Je pense qu'on devrait faire comme si on ne s'était jamais entendus faire l'amour – que ce soit en vrai ou au téléphone. N'est-ce pas, Ella ?

Je descends de la voiture sans dire un mot. Lila fait référence à la fois où Micha et moi nous racontions des trucs cochons au téléphone, à l'époque où je vivais en colocation avec elle et où Micha était en tournée avec son groupe.

Mes pieds s'enfoncent dans la neige. Je fais claquer la portière et marche jusqu'au coffre, laissant mes empreintes derrière moi. Cette fois, j'ai tout prévu : je porte mes grandes bottes à lacets et un jean épais. Sinon, j'aurais gelé sur place. J'ai juste oublié de mettre ma veste. Je me frictionne les bras et je jette un coup d'œil vers chez moi en attendant que Micha ouvre le coffre.

La Firebird de mon père est garée dans l'allée. Les fenêtres sont dégivrées et il y a des traces de pneus fraîches dans la neige. C'est bon signe. Cela veut dire qu'il ne se terre pas à la maison. Quant à l'arbre que Micha escaladait presque tous les soirs pour me rendre visite dans ma chambre, il est toujours debout. J'ai longtemps détesté cet arbre, car il me rappelle le soir où j'ai grimpé dessus pour la dernière fois. Le soir où ma mère est morte. Maintenant, en le regardant, je ne peux m'empêcher de sourire. Après tout, c'est grâce à lui que Micha et moi avons vécu tant de bons moments.

— Où est ta veste ? me demande Micha.

— Dans mon sac.

Il enlève la sienne et me la tend. Je l'enfile aussitôt.

Micha est tellement beau que c'en est captivant. J'aimerais pouvoir le regarder à longueur de journée. La réalité et la beauté de notre histoire m'emplissent d'émotion. Nous sommes faits l'un pour l'autre. Lui et moi. Pour toujours.

Il prend ma main dans la sienne.

— Tu es très courageuse, Ella. Je suis impressionné par la façon dont tu gères la situation.

— Le fait qu'on soit fiancés ?

— Oui. Et qu'on se marie ici… avec tout le monde.

— Ne parle pas trop vite. Tu vas voir dans quel état je serai d'ici quelques jours. Tu ne voudras peut-être même plus m'épouser.

— Tu sais aussi bien que moi qu'on va se marier, Ella. Tout comme tu sais que je vais te prendre sauvagement sous la douche dans cinq minutes.

Des étincelles explosent dans mon ventre.

— Tu ne penses vraiment qu'à ça.

— Pas du tout. Je suis un mec comme les autres, qui a envie de faire l'amour à sa sublime fiancée.

Il m'embrasse avant d'ouvrir le coffre et nous attrapons nos sacs.

— Tu passes ton temps à me faire des compliments, Micha. Je ne les mérite pas.

— J'arrêterai le jour où tu auras pris la grosse tête.

Il attrape l'énorme sac d'Ethan et le jette par-dessus le toit de la voiture au moment même où Ethan en sort. Ce dernier le rattrape juste à temps.

— Tu aurais pu prévenir, mec.

Micha soulève la valise de Lila, la pose par terre et déplie la poignée. Les petites roues s'enfoncent dans la neige.

— Vous dormez chez moi ? leur demande Micha.

Ethan hausse les épaules en échangeant un regard avec Lila.

— C'est ce qu'on avait prévu. Tu sais bien que je préfère ta maison à la mienne.

— Parce que ma mère nous laisse faire ce qu'on veut ?

— Exactement.

Il passe un bras autour de Lila et ils remontent l'allée enneigée. Nous leur emboîtons le pas. Je jette un œil vers le garage de Micha. Un des seuls endroits où je me sentais chez moi, à l'époque.

— Ta valise est super-lourde, s'étonne Micha. Qu'est-ce que tu as mis dedans ?

— Rien de particulier.

Ethan ouvre la porte et entre dans la cuisine.

— Lila a tendance à embarquer trop de choses avec elle.

— Hé ! s'écrie-t-elle en lui donnant un coup de coude. J'ai fait des progrès. Je la remplis beaucoup moins qu'avant.

— C'est vrai.

Micha soulève la valise et la fait rouler dans la cuisine en gardant la porte ouverte pour me laisser passer. J'essuie mes bottes sur le paillasson.

— Est-ce que ta mère est là ?

— Aucune idée. Elle est peut-être au boulot, ou avec Thomas.

— Tu… tu lui as bien dit qu'on venait ? Et tu lui as expliqué pourquoi ?

Et voilà que je panique à nouveau. *Bon sang, Ella ! Ressaisis-toi.*

— Non, répond-il en fermant la porte derrière nous. Je voulais qu'on le lui annonce ensemble.

— D'accord.

— Est-ce que tu préfères que je le fasse tout seul ?

— Non, Micha. Ça va aller.

Il faut vraiment que je me calme. Micha me regarde droit dans les yeux, comme s'il essayait de lire dans mes pensées. Il me sourit et me prend par la main. Nous traversons le couloir. Lila et Ethan se dirigent vers la chambre d'amis.

Micha ouvre la porte et nous entrons dans sa chambre, cette pièce où nous avons passé des nuits à refaire le monde, celle où il m'a demandée en mariage… Ce sont les plus beaux souvenirs de ma vie, et les raisons pour lesquelles je m'apprête à l'épouser.

L'épouser. Mon cœur s'emballe. J'ai du mal à respirer. Je jette un œil par la fenêtre. Partir serait tellement facile… Fuir, sans jamais me retourner. Je l'ai déjà fait et je pourrais le refaire mais, au fond, je sais que je n'en ai pas envie. Ce n'est pas mon cœur qui parle. C'est la peur.

Le lit de Micha est défait. On dirait que sa mère n'y a pas touché depuis son départ. Une guitare est posée devant l'armoire et des posters de ses groupes préférés recouvrent les murs, accompagnés de quelques-uns de mes dessins. Il y a un tas de vêtements sur une chaise, près de la fenêtre qui donne sur notre arbre. Sa chambre a gardé son odeur, comme si celle-ci était imprégnée dans les fibres de la moquette. C'est une odeur qui me réconforte, même dans les moments les plus durs. Je me demande si, en restant plantée ainsi à respirer son parfum, j'arriverais à oublier la raison pour laquelle je suis venue.

Micha jette son sac sur le lit et se retourne vers moi en se frottant les mains.

— Prête pour notre douche ?

Je laisse tomber mon sac par terre.

— Donne-moi deux minutes. Il faut que je récupère mes habits. Ils sont écrasés sous la robe.

Micha croise les bras.

— Tu es sûre que ça va, Ella ? Tu es toute bizarre depuis qu'on est partis.

Je me force à sourire et je pose mes mains sur ses épaules.

— Oui, tout va bien. La vérité, c'est qu'il y a une nuisette sexy quelque part dans mon sac et que je ne veux pas que tu la voies. Elle est réservée pour notre nuit de noces.

— Depuis quand tu portes des nuisettes ?

— Depuis que Lila m'a forcée à en acheter.

Cette partie-là est vraie. Le reste, non. En fait, ce sont le journal et les dessins de ma mère que je lui cache.

— J'adore Lila, dit-il en riant. Elle a vraiment une bonne influence sur toi.

Il m'embrasse tendrement, puis il attrape un tee-shirt et un jean propres dans son sac.

— Si tu n'es pas sous la douche d'ici cinq minutes, je reviens tout nu pour t'y traîner. OK ?

— OK.

Il sort de la chambre et ferme la porte derrière lui. Je soulève mon sac et le pose sur le lit. Les mains tremblantes, je l'ouvre et y plonge la main pour en sortir la fameuse boîte. Elle m'est adressée et a été envoyée du Montana par un certain Gary Flemmerton. Je sais que ce n'est pas vraiment de sa part à lui, car il y a un petit mot à l'intérieur. Un mot écrit par la mère de ma mère. Je ne comprends pas pourquoi elle est entrée en contact avec moi après tout ce temps, ni pourquoi elle m'a envoyé les affaires de sa fille.

Sa lettre est assez courte et, quand je la sors de la boîte pour la relire, je suis aussi confuse qu'à ma première lecture.

Chère Ella,

Je sais que tu ne me connais pas et j'en suis désolée. Il y a beaucoup de choses que tu dois ignorer, sauf si Maralynn t'a déjà parlé de moi. Quoi qu'il en soit, j'étais en train de nettoyer mon grenier quand je suis tombée sur ses affaires. J'ai pensé que cela te ferait plaisir de les avoir. J'ai voulu les garder pour moi, mais c'était bien trop douloureux. Si tu n'en veux pas, ne te sens pas obligée de les garder.

Et elle a signé avec une jolie cursive.

Je n'ai rencontré ma grand-mère qu'une seule fois, et c'était à l'enterrement de ma mère. Nous ne nous sommes pas adressé la parole. Elle aurait pu venir me voir, mais elle s'est contentée de s'asseoir le plus loin possible de mon père, de mon frère et de moi dans cette église quasi vide pendant que le pasteur parlait de la vie et de la mort. Je pense qu'elle m'a souri mais, sur le moment, je m'en fichais. J'étais focalisée sur ma propre douleur et sur la culpabilité qui me rongeait.

Ma mère ne m'a parlé d'elle que quelques fois. D'après elle, ma grand-mère l'a reniée quand elle a décidé d'épouser mon père. Voilà tout ce que je sais de cette femme, et je ne l'ai jamais contactée pour me faire ma propre idée. Même aujourd'hui, je ne suis pas sûre d'en avoir envie. Après tout, ma grand-mère n'a jamais été qu'une ombre dans ma vie. Comme tout le monde, finalement.

Seul Micha compte. Micha est ma lumière.

Voilà ce que je devrais écrire dans mes vœux. J'ai toujours du mal à croire qu'il faille que je remplisse une page entière et que je la lise à voix haute devant tout le monde. Quand cette épreuve-là sera terminée, Micha et moi serons mari et femme. Je serai à lui pour toujours. Pour toujours nous, quoi qu'il advienne, dans la pénombre comme dans la lumière.

Je reporte mon attention sur la boîte et je prends le journal de ma mère dans les mains. C'est un carnet en cuir noir et délavé. Je l'ouvre et m'assois sur le lit.

— « À tous ceux qui pensent me connaître, sachez que vous avez tort », lis-je à voix haute.

Je passe mes doigts le long de la première page. Le simple fait de la relire me donne la chair de poule. Je ne suis pas allée plus loin. Pas encore.

J'ai toujours voulu apprendre à connaître ma mère. La vraie. Celle qui ne mentait pas, qui n'était pas dépressive, qui n'avait pas de crises d'angoisse, qui riait et racontait des blagues. Ce journal est-il rempli de mensonges ? Et ai-je vraiment raison de m'en soucier ? Après tout, ce qui est fait est fait. Elle n'est plus là, et lire ces mots ne la fera pas revenir.

— Ella ?

La voix de Micha me fait sursauter. Je ferme le journal et le pose sur mes genoux.

Il est planté dans l'encadrement de la porte, complètement nu. Je balaie du regard son corps musclé, puis le tatouage noir sur ses côtes. Ce sont des paroles qu'il dit avoir écrites pour moi : « Je serai toujours là pour toi. Dans les moments les plus durs, même quand l'espoir n'est plus là. »

— Tu… tu es tout nu.

— Je t'avais prévenue.

Il entre dans la chambre et ferme la porte derrière lui. Une vague de chaleur me submerge.

— Et si Lila et Ethan t'avaient vu ?

— Je m'en fous, Ella. Je t'ai dit que je viendrais te chercher si tu n'arrivais pas dans cinq minutes. Les cinq minutes sont écoulées.

Je croise les jambes. Je n'ai qu'une envie : m'allonger sur le lit et qu'il se glisse en moi. Micha esquisse un sourire, qui disparaît dès l'instant où il remarque la boîte à côté de moi et le journal sur mes genoux.

— Qu'est-ce que c'est ?

— Je… J'ai reçu ça hier. Ce sont des affaires qui appartenaient à ma mère.

— Qui est-ce qui t'a envoyé ça ?

— Un certain Gary Flemmerton, mais le message à l'intérieur est écrit par ma grand-mère.

— Celle que ta mère traitait de tous les noms ?

— Oui, dis-je en passant une main sur la couverture. Mais ma mère disait souvent n'importe quoi.

Micha s'assoit à côté de moi et pose un doigt sous mon menton pour me forcer à le regarder dans les yeux. Je me sens mieux. Avec lui, tout est plus facile.

— Est-ce que tu veux en parler ?

— Pas pour l'instant, Micha. Pas parce que je ne veux pas, mais parce que je n'ai pas encore lu son journal ni regardé le reste.

— Est-ce que tu veux qu'on le fasse maintenant ? Ensemble ?

Je pousse un soupir, terrorisée à l'idée de lire les mots de ma mère, de voir ce qu'ils révèleront. Qui était cette femme ? Me ressemblait-elle, avant que les choses tournent vraiment mal ?

— Pas tout de suite. J'ai besoin d'y aller petit à petit.

— Comme tu veux. C'est bizarre que ce mec t'envoie ça maintenant, et de la part de ta grand-mère.

— Je sais. Tiens, tu peux lire sa lettre.

Je ramasse le bout de papier dans la boîte. Micha prend le temps de le lire avant de le poser sur la table de chevet.

— Pour résumer, ta grand-mère faisait le ménage dans son grenier et s'est dit : « Tiens, et si je demandais à Gary d'envoyer les affaires de ma fille à la petite-fille à qui je n'ai jamais parlé ? »

— Peut-être que Gary est son compagnon. Je ne connais rien de sa vie, Micha.

— C'est vraiment étrange. Et puis, où ont-ils trouvé ton adresse ?

— Bonne question. Ils ont peut-être contacté mon père.

— Tu ne penses pas qu'il t'en aurait parlé ?

— Je ne sais pas. Même s'il va mieux, il a toujours du mal à discuter du passé et de ma mère. Et je ne l'ai pas eu au téléphone depuis au moins une semaine. Je vais profiter qu'on soit là pour lui demander.

Micha me fait un grand sourire, visiblement ravi par ma réaction. Pour une fois, je décide d'affronter un problème au lieu de faire l'autruche. Je devrais aborder le mariage de la même manière : ne pas partir en courant, même si c'est ce que mon instinct me hurle de faire. C'est en moi depuis toujours. Fuir quand les choses deviennent trop complexes, trop profondes, trop émouvantes.

J'ai couru toute ma vie, mais j'ai beaucoup changé cette dernière année.

— Est-ce que tu voudras que je vienne avec toi ? me demande Micha.

— Oui.

Son sourire s'allonge.

— Souviens-toi bien de ce mot, Ella. Il va falloir que tu le répètes dans quelques jours, devant plein de monde.

Je souris malgré moi.

— Oui. Oui. Oui. Je le veux. Je le veux. Je le...

Il écrase sa bouche sur la mienne. Un baiser doux et tendre... puis passionné et sauvage. Il pose ses mains sur mon tee-shirt, le soulève et le jette par terre. Il me prend dans ses bras. J'enroule mes jambes autour de lui et je sens son sexe en érection entre mes cuisses. Mon corps brûle de désir. Tous mes soucis s'envolent. Micha me porte tout le long du couloir, et je me fiche que Lila ou Ethan nous surprennent. Tout ce que je veux, c'est être avec Micha.

Nous entrons dans la salle de bains, où une musique s'échappe de son iPod, posé sur sa station d'accueil. Micha ouvre le robinet de la douche puis ferme la porte en donnant un coup de pied dedans, sans interrompre notre baiser. Le miroir s'embue et l'humidité me colle à la peau.

Micha me dit qu'il m'aime par-dessus les paroles de *The River* de Manchester Orchestra, et je lui réponds que je l'aime aussi. Il me dévore avec sa bouche et explore mon corps avec ses mains. Le contact de ses lèvres sur ma peau, la douceur de la musique et la vapeur chaude me traversent tout entière et m'emplissent d'amour et de désir. Parfois, je me sens tellement aimée que j'en ai du mal à respirer.

Peut-être devrais-je écrire ça dans mes vœux.

CHAPITRE 3

Micha

Ella a vraiment changé. L'ancienne Ella aurait paniqué en recevant un colis pareil. La nouvelle Ella gère la situation avec courage et détermination.

Je suis de plus en plus amoureux et fier de la personne qu'elle était, de celle qu'elle devient et de nous en tant que couple. Bientôt mari et femme... J'espère vraiment qu'on va y arriver. Je sais qu'on en est capables, mais je pense que je me sentirai mieux une fois qu'Ella m'aura dit « oui ».

Je plonge ma langue dans sa bouche.

— Tu as un goût de cerise et de menthe, je lui dis en léchant ses lèvres.

— Mon gloss est à la cerise, et je viens de mâcher un chewing-gum.

— J'adore.

Je la repose par terre. Elle enlève ses bottes et je déboutonne son jean, le faisant glisser le long de ses jambes. Elle porte une culotte en dentelle noire qui ne recouvre ses fesses qu'à moitié. Je passe un doigt sur le petit nœud cousu à l'avant.

— C'est la première fois que je vois cette culotte.

— C'est Lila qui m'a forcée à l'acheter… en même temps que la nuisette.

Elle détache ses cheveux – déjà humides à cause de la vapeur – et ils tombent en cascade sur ses épaules. Je dégrafe son soutien-gorge.

— Tu es sublime, Ella.

Elle secoue la tête, comme chaque fois que je lui fais un compliment. J'aspire un téton pour la faire taire. Sa tête part en arrière et elle enfouit ses doigts dans mes cheveux.

Je lui enlève sa culotte, remonte mes doigts le long de sa cuisse et les plonge en elle. Je la plaque contre le mur et dessine une courbe entre ses seins avec ma langue. Ella me caresse le dos, griffant ma peau par endroits.

J'ai besoin de la sentir davantage. Je m'accroupis en déposant une série de baisers sur son ventre, puis je me mets à genoux devant elle. J'enfouis mon visage entre ses cuisses et je la caresse avec ma langue, les mains fermement posées sur ses hanches. Je la goûte jusqu'à ce que son corps se crispe et que son dos se cambre. Elle s'agrippe au lavabo et jouit en gémissant.

Je suis dur comme de la pierre. Impatient de lui faire l'amour, je me relève, je me lèche les lèvres et j'écrase ma bouche contre la sienne. On avance jusqu'à la douche, cherchant le rideau d'une main. Je l'ouvre d'un coup sec et on s'engouffre sous l'eau chaude. On s'embrasse jusqu'à en étouffer, jusqu'à ce que mon cœur menace de traverser ma poitrine et jusqu'à ce qu'Ella tremble des pieds à la tête.

Je l'attrape par les hanches, la soulève, la plaque contre le carrelage et enfonce mon sexe en elle. Elle enroule ses bras autour de mon cou et ses jambes autour de ma taille. À chaque coup de hanches, Ella s'accroche à moi de plus en plus fort, les seins plaqués contre mon torse.

Elle ferme les yeux. Nos corps ne font plus qu'un.

— Je t'aime, Micha.

— Je t'aime aussi.

Je la pénètre de plus en plus fort, de plus en plus vite, jusqu'à ce qu'on jouisse ensemble.

CHAPITRE 4

Ella

J'ai ouvert la boîte de Pandore et je ne peux plus revenir en arrière. Après la douche, j'ai essayé de travailler sur mon portfolio, mais l'inspiration n'était pas au rendez-vous. J'ai laissé tomber l'idée et décidé de me plonger dans le journal de ma mère. Je n'arrive plus à le poser. J'en suis déjà à la moitié.

La mère de Micha est chez son petit ami, Thomas, et elle travaille de nuit ce soir, ce qui veut dire qu'on ne pourra lui annoncer la nouvelle que demain matin, à son retour. Micha et Ethan sont allés faire des courses et Lila est sous la douche.

Je suis assise à la table de la cuisine. Je porte la chemise de Micha et un jean. Il ne fait pas bien chaud dans la maison. Par souci d'économie, la mère de Micha laisse le chauffage au minimum. Bienvenue à Star Grove, où la moitié de la ville vit sous le seuil de pauvreté. Nous faisions pareil chez moi : soit nous éteignions le chauffage nous-mêmes, soit il était éteint contre notre gré quand j'oubliais de payer la facture ou qu'il n'y avait pas assez d'argent pour la payer.

J'ai une tasse de café et le journal de ma mère posés devant moi. Dans les dix premières pages, ma mère parle du bal de fin d'année et de sa passion pour l'art. Je ne savais pas qu'elle aimait dessiner mais, à en croire les quelques croquis disséminés dans la boîte, elle se débrouillait plutôt bien. Jusque-là, son journal est assez « banal » et aurait pu être écrit par n'importe quelle jeune fille.

Hélas, très vite, ses mots deviennent durs et tristes, et le plaisir que j'avais à la lire se transforme en angoisse. Surtout lorsqu'elle se met à parler de mon père. Au départ, leur rencontre semble la ravir. Elle est tellement excitée qu'elle en est presque hystérique. Puis son enthousiasme retombe aussi vite qu'il est monté…

Je ne sais plus qui je suis. Je suis complètement perdue. Quand je me regarde dans le miroir, je ne me reconnais pas. J'ai deux trous à la place des yeux. Des lèvres cousues l'une à l'autre en guise de bouche. Je ne comprends pas ce qui m'arrive. Ce qui a changé en moi. J'ai l'impression que ma peau est en train de fondre et de me modeler en quelqu'un de différent, quelqu'un qui n'est même plus capable de mettre un pied devant l'autre. Si je le pouvais, je resterais dans ce lit pour toujours. Jusqu'à ma mort.

Mais je n'en ai pas le droit. J'ai des responsabilités, désormais. Un enfant qui grandit dans mon ventre et un homme qui va devenir mon mari. Je suis terrifiée et ce n'est pas la vie que je voulais, mais je n'ai nulle part ailleurs où aller. De toute façon, rien ne me rend heureuse. Quoi qu'il advienne, c'est un avenir maussade qui m'attend… et le simple fait d'en avoir un me fait peur plus que tout.

Ses mots me donnent la chair de poule.

Ma mère avait dix-huit ans quand elle a écrit ce texte. Elle était enceinte de mon grand frère, Dean, et était sur le point d'épouser mon père… mais il y a quelque chose qui m'échappe. Mon père m'a dit qu'elle était heureuse, au début. Or, dans le passage que je viens de lire, elle est avec mon père depuis à peine six mois et elle est déjà en train de sombrer dans cette spirale que je connais si bien.

J'attrape un dessin plié en deux et une photo de ma mère glissés entre les pages du journal. Sur la photo, elle est assise sur un lit, le menton posé sur les genoux. Ses longs cheveux tombent tel un rideau devant ses grands yeux verts, les mêmes que les miens. Elle sourit, mais cela paraît forcé. Elle n'a pas l'air aussi perdue que quand je l'ai connue, mais pas non plus en paix avec elle-même. Peut-être un peu comme moi aujourd'hui…

Le dessin représente un vase avec une rose. Les pétales sont fanés et sur le point de tomber. J'en ai le cœur brisé. En tant qu'artiste, je sais dans quel état d'esprit elle était pour dessiner quelque chose d'aussi triste.

Lila choisit ce moment-là pour débouler dans la cuisine, ma robe de mariée dans les bras et un magazine à la main. Elle porte un jean troué et un tee-shirt rose, et elle ne s'est pas séché les cheveux.

— Ella ! Comment as-tu *osé* mettre ta robe de mariée en boule au fond d'un sac comme une vulgaire chaussette ?

Je range le dessin et la photo, et je ferme le journal.

— Je suis désolée, Lila. Je l'ai fait sans réfléchir.

Elle attrape la robe par les manches et examine le tissu, passant une main sur les roses noires cousues à l'avant.

— Elle est complètement froissée !

— Va la pendre dans la salle de bains, dis-je en attrapant ma tasse de café. La vapeur va la défroisser.

— La salle de bains était déjà embuée par *votre* douche, figure-toi. Vous et les douches... Je ne comprendrai jamais.

— Tu devrais essayer. Tu ne sais pas ce que tu rates.

Je souris en repensant aux mains et à la langue de Micha sur mon corps. Mes idées noires s'envolent aussitôt, mais je sais qu'elles reviendront au galop si jamais je reprends la lecture de ce journal. Peut-être ne suis-je pas prête à le lire ? Peut-être est-il temps de tirer un trait sur ma mère et son passé ?

Lila pose la robe sur le dossier d'une chaise et s'assoit en face de moi pour lire son magazine. Un magazine traitant du mariage, bien entendu.

Lila et moi, nous sommes amies depuis deux ans et demi. Pourtant, je me demande si nous nous connaissons vraiment. C'est en partie ma faute, car j'ai du mal à me confier et à parler de sujets qui me touchent trop. Quant à elle, je serais étonnée qu'elle ne me cache pas aussi certaines choses.

Je bois une gorgée de café et repose ma tasse sur la table.

— Comment ça se passe avec Ethan ?

Elle hausse les épaules en tournant une page.

— Plutôt bien.

— Est-ce que tu es amoureuse ?

Je ne sais pas comment aborder ce genre de sujets. Je n'ai jamais eu de vraies copines. J'ai passé mon enfance et mon adolescence avec Micha et ses amis. Les conversations de filles, ce n'est pas mon truc.

Lila croise les bras devant sa poitrine et lève la tête de son article.

— Je pense que oui.

— Tu le *penses* ou tu le *sais* ?

Elle fronce les sourcils.

— Ne me dis pas qu'Ethan a raconté à Micha qu'on s'était dit « je t'aime » ?

— Si. Micha me l'a dit.

— Tant mieux pour lui, soupire-t-elle. C'est important de se confier à ses amis.

Je me demande si je devrais lui parler de ma peur d'écrire mes vœux. Peut-être que Lila pourrait me donner un coup de main… Je m'apprête à lancer le sujet quand elle se relève, le sourire jusqu'aux oreilles.

— J'ai failli oublier… J'ai un cadeau pour toi !

Mon visage se décompose. À part Micha, personne ne m'a jamais offert de cadeau, et ça me met toujours mal à l'aise.

— Pour quoi ?

— Pour ton mariage, idiote !

Elle lève les yeux au ciel comme si c'était la chose la plus évidente du monde, puis elle disparaît dans le couloir. Elle revient quelques minutes plus tard avec un gros sac rose à la main. Elle le pose sur la table.

— Voilà, pour la future mariée ! Je devais te le donner hier avant le mariage, mais…

— Je sais.

Elle se rassoit et pose un coude sur la table.

— Qu'est-ce qui t'est arrivé, Ella ?

— Des trucs.

J'hésite à lui dire la vérité… mais je décide qu'il est temps d'être honnête avec elle.

— J'ai… j'ai peur de l'avenir.

— C'est normal, Ella. Tout le monde a peur de l'avenir. Surtout le jour de son mariage !

— Tu as raison. Il faut que je relativise.

Relativiser. Voilà qui est facile quand je suis dans les bras de Micha et que tout le reste semble disparaître. Mais, une fois seule, je ne peux m'empêcher de ressasser tous les souvenirs et toutes les idées noires qui sommeillent en moi.

Nous restons assises en silence. Des flocons de neige s'écrasent contre la vitre, puis fondent et glissent le long du verre.

— Je te rappelle que tu as un cadeau à ouvrir, me dit Lila.

Je jette un œil dans le sac. Il est rempli de papier de soie et, au fond, il y a une boîte entourée d'un ruban. Je la pose sur la table, je défais le nœud et soulève le couvercle. La première chose sur laquelle je tombe, c'est une jarretière bleue bordée de dentelle blanche. Je l'enfile à mon poignet pour rigoler.

— C'est ton « quelque chose de bleu », m'explique Lila.

— Dis donc, tu ne lésines pas sur les traditions !

Elle hausse les épaules. J'attrape le deuxième cadeau. C'est un bracelet en argent avec une breloque en forme de cœur. Ce n'est pas du tout mon style, mais je ne me permets pas de le lui dire.

— Ton « quelque chose de prêté ». Il faudra que tu me le rendes après le mariage.

— Tu m'as aussi prêté ta robe.

Elle pousse le magazine et croise les bras sur la table.

— Non, je te la donne. C'est ton « quelque chose de vieux ». Elle me rappelle des mauvais souvenirs.

— Tu en es sûre ?

— Certaine. Et regarde dans la boîte. Il reste ton « quelque chose de neuf ».

Il y a une petite boîte dans la grande. Je l'ouvre et en sors un tissu en dentelle rouge avec deux trous au milieu. Je glisse mes doigts dedans, me demandant s'ils sont là pour faire passer les tétons.

— C'est dégoûtant !

Lila éclate de rire. Je remarque qu'il y a autre chose dans la petite boîte : un string pailleté.

— Il va avec le haut ?

— Tu en fais ce que tu veux, Ella. Tu peux même le faire porter à Micha.

— Ne me dis pas que tu es en train de m'offrir un kit sexuel ?

— Si on veut. Je suis allée dans un sex-shop et j'ai demandé au vendeur de choisir tes cadeaux à ma place. Je lui ai dit que c'était pour une future mariée.

J'enlève la jarretière de mon poignet et je l'ajoute à la pile de cadeaux.

— Tu ne savais pas ce qu'il y avait dedans ?

— Juste la jarretière et le bracelet. C'est moi qui les ai choisis. Il me tarde de voir le reste.

— Tu as attisé ma curiosité, dis-je en riant.

J'attrape l'objet suivant dans la grande boîte. C'est un plumeau avec un long manche. Je passe mes doigts sur les plumes.

— Ça chatouille !

— C'est le principe, plaisante Lila.

Elle enroule une mèche de cheveux autour d'un doigt en souriant. Je tends le plumeau vers elle et je lui chatouille le visage.

— Arrête, Ella ! Il est pour vous, pas pour moi.

— Tu pourrais t'en servir avec Ethan.

— Tu veux vraiment qu'on parle de ça ?

— Pourquoi pas ? Après tout, tu m'as toujours raconté tes aventures avec les autres mecs.

— Ce n'est pas pareil avec Ethan. Je suis amoureuse de lui. Et puis, vous n'êtes pas les meilleurs amis du monde...

— Peu importe. Tu peux me parler de ce que tu veux, que je m'entende avec lui ou pas.

Je mets le plumeau sur la table et j'attrape le dernier cadeau. Il est emballé dans une boîte, lui aussi. J'enlève le couvercle et en sors plusieurs piles. Elles roulent jusqu'à Lila, qui les regarde avec curiosité. Je plonge ma main dans la boîte pour attraper l'objet qui s'y cache : un vibromasseur.

— Oh, Lila ! Je me doutais que c'était un kit cochon, mais pas à ce point-là !

Elle me l'arrache des mains, met les piles à l'intérieur et appuie sur un bouton. L'objet se met à vibrer. Nous éclatons de rire. Elle le pose sur la table et il avance, propulsé par les vibrations.

C'est alors que la porte de derrière s'ouvre d'un coup. Des flocons de neige s'engouffrent dans la maison, suivis de Micha et d'Ethan, les bras remplis de sacs de courses. Leur regard se pose sur le vibromasseur, sur le plumeau, puis sur les sous-vêtements.

— On a loupé quelque chose ? nous demande Micha.

— On jouait à un jeu, répond Lila, le vibromasseur à la main.

— Quel genre de jeu ? ajoute Ethan. Vous vouliez savoir qui l'enfoncerait le plus profondément dans sa…

Lila lui jette le sex-toy à la figure. Il s'écrase contre la porte et continue à vibrer par terre. Micha l'attrape et l'éteint avant de le poser sur la table devant moi. Il me fait un clin d'œil, puis Ethan et lui alignent les sacs sur le meuble de la cuisine.

— Avec Ethan, on pensait organiser une fête. Une sorte d'enterrement de vie de garçon et de jeune fille.

Je remets mes cadeaux dans leurs boîtes.

— On n'est pas censés les fêter séparément ?

— Et avec des strip-teaseurs ? ajoute Lila.

— Je préfère faire la fête avec toi, me dit Micha. Et tu pourras toujours me faire un strip-tease plus tard. Qu'est-ce que tu en penses, jolie fille ?

— Je… Je ne sais pas.

— On n'est pas obligés, précise-t-il en mettant une boîte de céréales dans un meuble.

— Si, c'est une bonne idée.

Je me lève et le rejoins pour l'aider à ranger les courses. Ethan murmure quelque chose à l'oreille de Lila et ils sortent de la cuisine.

J'empile les boîtes de conserve dans le placard et Micha ouvre le frigo pour y mettre le lait.

— Qui est-ce que tu comptes inviter ?

— Les gens avec qui on traînait avant. Enfin, ceux qui sont encore là.

Je ferme le placard et me mets dos au meuble.

— *Tout le monde* est encore là, Micha. Est-ce que tu vas jouer ?

Il donne un coup de pied dans la porte du frigo.

— Ça te ferait plaisir ?

— Seulement si tu en as envie.

Je fixe le lino jusqu'à ce que ses bottes apparaissent dans mon champ de vision. Je lève la tête et plonge mon regard dans le sien.

— Je te connais, Ella. L'idée de la fête ne te plaît pas et je veux savoir pourquoi.

— Il n'y a pas de problème, Micha. C'est juste que… c'est la première fête que l'on va faire ici en tant que couple.

— Et… ?

— Et, si mes souvenirs sont bons, tu as… tu as couché avec une bonne partie des filles de Star Grove.

— Je sais, mais c'est du passé. Ce qui compte, c'est que c'est avec *toi* que je vais coucher après la fête. Et pas qu'une seule fois. Je compte bien te faire l'amour tous les soirs pour le restant de nos jours.

Il me fait un grand sourire et je lui donne une tape sur le bras. Il m'attrape fermement par les hanches, me retourne contre le meuble et approche sa bouche de mon visage. Il me mordille l'oreille et je soupire de plaisir. Ses cheveux me chatouillent le cou.

— Je vais faire de la concurrence à ton nouveau sex-toy, dit-il en riant.

— C'est Lila qui me l'a offert.

— C'est sympa de sa part.

— Si tu le veux, je te le donne.

— Continue à me chercher, jolie fille, et je vais finir par me venger…

— Peut-être que c'est ce que je veux.

Il ondule des hanches contre moi et m'embrasse dans le cou avant de retourner à ses courses. Je me mets sur la pointe des pieds pour ranger une boîte de haricots sur l'étagère du haut et, en me retournant, je vois que Micha s'attarde sur le journal de ma mère, resté sur la table.

— J'en ai lu une partie.

— C'était comment ?

— Intense.

— C'est-à-dire ?

Je m'assois sur le meuble et il se met debout entre mes jambes.

— J'ai découvert que ma mère était déjà enceinte de Dean quand elle a décidé d'épouser mon père. Elle était terrifiée.

— À l'idée d'avoir un enfant ?

— Entre autres, oui.

J'ai les larmes aux yeux. Les mots de ma mère me touchent trop. Ils réveillent en moi une douleur profonde qui ne demande qu'à sortir. Je me masse la poitrine pour essayer de la faire disparaître.

Micha me serre fort dans ses bras. Je me sens mieux. Plus légère. *Respire. Respire. Respire.* Je blottis mon visage contre lui et il me redonne de la force, comme chaque fois.

Il m'embrasse sur le front et je sèche mes larmes.

— Est-ce que tu es sûr de vouloir passer ta vie avec moi ? De vouloir supporter ça pour le restant de tes jours ?

— Oui, Ella May. Je l'ai toujours su. Je le sais depuis l'instant où je t'ai rencontrée.

— Tu sais que tu veux épouser ta folle de voisine depuis que tu as quatre ans ?

— J'étais trop jeune pour penser au mariage, mais je savais déjà que j'avais envie d'être avec toi.

Les larmes reviennent mais, cette fois, ce ne sont pas des larmes d'angoisse. Ce sont des larmes d'émotion. D'amour. C'est tellement intense, entre nous. *Trop* intense. Des émotions qui ne font que croître au fil des années, depuis notre toute première rencontre.

— Tu as toujours été là pour moi, Micha. Même dans les pires moments.

— Toi aussi. Tu as toujours été là quand j'avais besoin de toi.

— Toi et moi contre le monde entier, dis-je tandis que les larmes dévalent mes joues.

— Toi et moi pour toujours, Ella May.

CHAPITRE 5

Micha

À quatre ans

J'adore passer du temps avec mon père... surtout quand il est dans le garage à s'occuper de sa voiture. C'est le seul moment où il me parle et où on fait quelque chose ensemble. Il répare la Challenger pendant que je joue avec ma voiture miniature.

— Passe-moi la clé à molette, Micha.

La Challenger, c'est une voiture très ancienne qu'il veut à tout prix réparer. Ça lui prend beaucoup de temps. Je ne comprends pas pourquoi il ne la conduit pas comme ça. Moi, je la trouve rigolote. Chaque aile est d'une couleur différente.

Je fouille dans la boîte à outils et lui apporte la clé à molette.

— Merci, Micha.

J'attrape une petite brique de jus d'orange dans la glacière et je m'appuie contre le capot de la voiture en regardant la maison des voisins. Elle ressemble à la nôtre, sauf qu'il y a plein de sacs-poubelle devant que personne n'enlève.

La porte s'ouvre en grand et la fille qui habite à côté sort dans son jardin. On dirait qu'elle a envie de pleurer. Elle a les cheveux de la même couleur que notre boîte aux lettres et ses yeux verts me rappellent les feuilles des arbres. Elle s'appelle Ella et elle a tout le temps les larmes aux yeux. Je ne sais pas si c'est parce que sa mère la gronde souvent ou parce que ses parents la forcent à sortir les sacs-poubelle tous les jours. Une fois, j'ai demandé à mon père pourquoi les voisins criaient tout le temps. Il m'a dit que c'était une famille de dérangés.

J'attrape une autre brique de jus d'orange et je fais signe de la main à Ella en sortant du garage. Elle ne me répond pas, mais j'ai l'habitude. Elle est timide et on dirait que je lui fais peur. Elle baisse la tête et essuie ses larmes en descendant les marches. Elle est pieds nus sur le ciment chaud.

— Bonjour, Ella.

J'avance jusqu'au grillage qui sépare nos jardins. Elle croise les bras et regarde par terre. Elle ne me parle presque jamais et, quand ça arrive, elle regarde toujours ses pieds ou le sol ou les arbres.

J'entends sa mère crier dans la maison. Elle dit à Ella qu'il faut qu'elle rentre pour faire la vaisselle. Ma mère me dit que je suis trop petit pour faire la vaisselle.

Ella n'arrête pas de se frotter les yeux. Sa mère finit par se taire et elle relève la tête. Je lui tends un des jus d'orange.

— Tu en veux ?

Elle avance vers moi à tout petits pas et s'arrête à quelques mètres, comme si elle avait peur d'aller plus loin. Je passe mon bras par-dessus le grillage. Elle regarde la brique, se jette dessus et me l'arrache des mains. Elle remet de la distance entre nous et plante la paille dans le carton.

— Merci, Micha.

— De rien.

Je pense que ses parents ne s'occupent pas bien d'elle, parce qu'elle a tout le temps l'air d'avoir faim et soif. J'ai déjà essayé de l'inviter à venir jouer à la maison, mais elle dit qu'elle n'en a pas le droit.

— Micha ! Tu es passé où ? J'ai besoin de toi !

C'est mon père qui m'appelle. Ella s'éloigne de moi, les yeux écarquillés.

— Tu veux venir jouer avec moi ? je lui demande en brandissant mon jouet. C'est ma voiture préférée.

— Non, ma mère va me gronder.

— Tu n'es pas obligée de rester longtemps. Et, si ta mère t'appelle, tu n'as qu'à sauter par-dessus le grillage. Elle ne se rendra compte de rien.

Je vois bien qu'elle hésite. Elle regarde ma voiture, puis sa maison, puis ma voiture. Elle me tourne le dos et, au lieu de rentrer chez elle, elle attrape une boîte en plastique qui ressemble à celle dans laquelle je range mes jouets. Elle la traîne jusqu'au grillage et monte dessus. Elle aspire une gorgée de jus d'orange avant de me tendre la brique, puis elle enjambe le grillage. Elle perd l'équilibre à mi-chemin et tombe par terre de mon côté.

— Ça va ?

Elle fait oui de la tête. Elle se relève, s'essuie les genoux, récupère son jus d'orange et attrape mon jouet. Je souris en marchant jusqu'au garage avec Ella à mes côtés, heureux d'avoir enfin réussi à la faire passer par-dessus le grillage.

Ella

À six ans

J'aime bien mon voisin. Il s'appelle Micha. Au début, j'avais peur de lui parce qu'il est gentil et que personne n'est jamais gentil avec moi. Maintenant, il me fait moins peur. À l'école, il me donne tout le temps du jus d'orange et des cookies. Quand Davey Startford m'a tiré les cheveux et m'a traitée de dégoûtante parce que j'avais des trous dans mes habits, Micha l'a poussé et lui a dit qu'il puait l'œuf pourri.

La maîtresse l'a grondé et ses parents l'ont puni quand on est rentrés de l'école. Ils lui ont interdit de jouer avec moi pendant trois jours. Aujourd'hui, sa punition est terminée et j'ai le droit de retourner chez lui.

Il fait très chaud, alors je vais chercher deux glaces à l'eau dans le congélateur. Je reste pieds nus parce que les semelles de mes chaussures sont trouées. En partant, ma mère me demande de sortir la poubelle. Elle me crie tout le temps dessus pour que je sorte la poubelle et que je fasse la vaisselle. Parfois, ça me rend triste parce que je suis fatiguée et que je préférerais faire autre chose, mais mon père m'a dit qu'elle était malade et que mon frère et moi devions être sages et gentils avec elle. Il dit que c'est à nous de l'aider, surtout quand il n'est pas là le soir.

Le sac-poubelle est très lourd. Je le traîne derrière moi et il dégouline sur le sol de la cuisine. Je descends l'escalier et je le jette dans la benne à ordures. Je ferme le couvercle, marche jusqu'au grillage et passe par-dessus.

Chez Micha, l'arrosage est en marche et la pelouse est toute mouillée, mais je la traverse quand même. Le bas de mon jean est trempé et j'ai de la boue entre les orteils. Je suis sur le point de frapper à la porte quand j'entends quelqu'un pleurer dans le garage. La porte est grande ouverte et la voiture du père de Micha n'est pas là. Bizarre. D'habitude, le père de Micha passe son temps à la réparer et à s'énerver dessus.

J'entre dans le garage. Micha est assis à l'endroit où était garée la voiture, dos à moi. On dirait que c'est lui qui pleure, mais j'ai du mal à y croire. En général, c'est moi qui pleure et lui qui sourit.

— Micha ?

— Je ne peux pas jouer aujourd'hui, Ella.

Je le rejoins et je m'assois à côté de lui. Il enroule ses bras autour de ses genoux et je ne vois que le haut de sa tête, parce qu'il regarde par terre.

— Qu'est-ce qui s'est passé, Micha ?

— Mon père est parti.

Ses épaules se mettent à trembler et il recommence à pleurer.

— Ce n'est pas grave, dis-je pour le rassurer. Il va bientôt rentrer.

Micha lève la tête. Il a les yeux bleus comme les perles dont je me suis servie pour faire un bracelet à l'école. Il a l'air vraiment triste. Une larme coule le long de sa joue et s'écrase sur le ciment. Il me donne envie de pleurer, moi aussi.

— Non, Ella. Ma mère m'a dit qu'il était parti pour de bon et qu'il ne reviendrait jamais.

Je ne sais pas quoi lui dire. C'est arrivé à mon père, une fois, mais il a fini par revenir. Ma mère m'a dit qu'il n'avait pas trouvé de meilleur endroit où aller. Le problème, c'est qu'elle raconte souvent des histoires et que je ne sais jamais si elle dit la vérité.

Je me rapproche de Micha et lui tends une glace à l'eau. Il l'attrape d'une main et enlève l'emballage. J'arrache celui de ma glace et je reste assise à côté de lui pendant qu'il pleure, comme lui le fait quand c'est moi qui suis triste.

Ses larmes s'arrêtent bien après que les glaces ont fondu dans nos ventres. Micha se met debout et se frotte les yeux.

— Tu veux jouer ? lui dis-je en me levant à mon tour.

— Jouer à quoi ?

Je souris et le prends par la main.

— À ce que tu veux.

D'habitude, c'est lui qui me console. Aujourd'hui, c'est à mon tour.

— Et si on jouait à cache-cache ?

J'accepte, et on joue jusqu'à ce que le soleil se couche… parce que tout va mieux quand nous sommes ensemble.

CHAPITRE 6

Micha

Je frappe à la porte de ma chambre avant d'entrer. Ella est allongée sur le ventre, sur mon lit, avec le journal devant elle. J'aimerais qu'elle arrête de le lire. Je vois bien que ça la rend triste. En même temps, je ne peux pas lui interdire de lire le journal de sa mère…

Je me contente de la regarder. Elle porte une robe rouge et noir et des talons aiguilles. Elle s'est attaché les cheveux et quelques mèches ondulées encadrent son visage.

— Tu es sublime, Ella.

Je n'ai qu'une envie : fermer la porte derrière moi et lui faire l'amour toute la soirée. Le problème, c'est que les invités ont déjà commencé à arriver à notre fête. Ethan est en train d'accueillir tout le monde. Il est de mauvais poil, ce soir. Je ne comprends pas pourquoi. Avant, il adorait les fêtes. C'était notre truc à nous. On en a organisé des centaines.

Tout à l'heure, on a passé un peu de temps ensemble. On s'est raconté nos vies. Après le mariage, Ethan et Lila vont retourner à Las Vegas, faire leurs valises et prendre la route pour qu'Ethan réalise enfin son rêve : un road trip à travers les montagnes. J'ai eu envie de rire, parce que ce n'est pas du tout le genre de Lila. Du moins, pas la Lila d'avant. Elle a beaucoup changé, ces derniers temps. Elle a l'air moins coincée. La première fois que je l'ai rencontrée, je l'ai prise pour une fille à papa pourrie gâtée. J'ai eu tort. Elle est super-gentille.

Ella balaie ma tenue du regard en se mordillant la lèvre. Je porte un jean noir, ma chemise cloutée et mon tee-shirt Pink Floyd.

— Tu es très beau. Tu comptes impressionner quelqu'un, ce soir ?

Elle ferme le journal et je me rapproche du lit.

— Oui, toi.

— Les autres filles vont penser que c'est pour elles. Contrairement à moi, tu n'as pas de bague au doigt pour leur montrer que tu es pris.

— Tu n'as qu'à m'offrir mon alliance.

Elle descend du lit en souriant et tire sur sa robe, qui paraît bien courte maintenant qu'elle est debout.

— Non, je ne veux pas que tu la voies avant le mariage. Et puis, peu importe. Si une fille te drague, je lui casserai la gueule.

J'éclate de rire et on s'embrasse avant de sortir de la chambre.

— J'ai une idée, je lui dis en traversant le couloir. Va t'amuser, et je vais régler le problème de la bague.

— Comme tu veux.

Elle rejoint les gens attroupés dans le salon et je sors de la maison, mon manteau à la main. Je l'enfile en marchant jusqu'au garage. Mes pieds s'enfoncent dans la neige. Les guirlandes de Noël de la maison d'en face clignotent à tout-va. J'allume la lumière du garage et j'attrape un carton sur une des étagères. Je fouille parmi les pièces de voiture jusqu'à ce que je tombe sur ce que je cherchais : un joint en caoutchouc. Fier de mon idée de génie, je le glisse sur mon annulaire en guise de bague.

Je referme le carton quand mon portable se met à sonner. C'est Mike Anderly, mon producteur.

— Bonsoir, Mike.

— Salut, Micha. Désolé de t'appeler aussi tard, mais je ne pouvais pas attendre. Il fallait que je t'annonce la nouvelle.

Il a l'air beaucoup plus enjoué que d'habitude. En général, Mike est plutôt sérieux et grognon.

— Quelle nouvelle ?

— Tu as été accepté sur la tournée.

— Le… le Rocking Slam Tour ?

— Exact.

Je n'arrive pas à y croire. C'est la tournée sur laquelle je fantasme depuis qu'on a emménagé à San Diego. Celle qui rassemble tous mes groupes préférés. Celle qui dure trois mois.

— Ramène tes fesses, Micha. Il faut qu'on fête ça ensemble.

— Je… Je ne peux pas. Je suis dans le Wyoming. Je me marie ce week-end.

— Merde… j'avais oublié. Reviens-nous vite, OK ? La tournée commence dans quelques semaines et il faut qu'on termine l'enregistrement avant ton départ.

— Je ne suis pas sûr de pouvoir la faire, Mike.

— Tu plaisantes ? Ça fait des mois qu'on se bat pour que tu aies ta place dans cette foutue tournée !

— Je sais, mais je ne pensais pas que je serais pris. Je ne dis pas non. Il faut juste qu'Ella soit d'accord.

— Et si ce n'est pas le cas ?

— Je ne ferai pas la tournée.

Ça me tue de le dire, mais c'est la vérité. Ella compte plus que tout à mes yeux et, si elle ne veut pas que je parte pendant trois mois, je ne partirai pas. C'est aussi simple que ça.

— Il faut que j'y aille, Mike. Je te rappelle dans une semaine, à mon retour.

— Tu n'as pas intérêt à refuser…

Je raccroche avant qu'il ronchonne davantage. Je glisse mon portable dans la poche arrière de mon jean, je remets le carton à sa place et je retourne chez moi.

Je me demande comment Ella va réagir quand je vais lui annoncer la nouvelle. Elle cache tellement bien ses émotions… Si je sens qu'elle le vit mal, je dirai non à la tournée. Après tout, même si ce serait une belle aventure, notre petite vie à San Diego est parfaite comme elle est. Pourquoi tout gâcher ?

Parce que tu rêves de partir en tournée depuis que tu es gamin.

J'entre dans la cuisine. Ethan est assis sur la table, un gobelet rouge à la main. Lila est en train de se servir un verre. Un couple papote devant l'évier. Ils étaient au lycée avec nous, mais j'ai oublié leurs noms. Je les salue de la main. En me voyant arriver, Ethan lève son verre.

— Santé, mec !

Il a les yeux rouges.

— Tu es déjà bourré ? Je te rappelle que tu es censé jouer de la batterie dans dix minutes.

— Non, je ne suis pas bourré. Et puis, même si c'était le cas, tu sais que je suis capable de jouer avec un coup dans le nez.

— Tu veux quelque chose à boire, Micha ? me demande Lila, une bouteille de jus d'orange à la main.

— Je vais juste prendre une bière.

Elle pose le jus d'orange à côté de la vodka, de la tequila et du Bacardi, et elle attrape une bière dans la glacière. Depuis qu'Ella m'a reproché de trop boire, je me suis calmé avec l'alcool. C'était dur au début, mais je m'y suis habitué.

Lila me tend la bière et je la décapsule avant d'entrer dans le salon enfumé. J'ai arrêté la clope il y a deux ans, mais l'odeur me donne toujours envie.

Avec Ethan, on a bougé le canapé et les fauteuils afin de faire de la place pour sa batterie, qu'on est allés chercher chez lui en rentrant du supermarché. Mon ancienne guitare est en équilibre contre un vieux pied de micro rafistolé au scotch. Il y a un ampli et une basse dans le coin, à côté du petit sapin de Noël en plastique de ma mère. Je ne sais pas encore qui va nous accompagner à la basse. Je l'ai mise là au cas où. Je connais plein de gens qui en jouent et j'aimerais envoyer de la bonne musique, ce soir. J'ai l'impression de dire au revoir à mon ancienne vie. Dans quelques jours, je serai marié. Ma nouvelle vie avec Ella va commencer, et notre passé ne sera plus qu'un lointain souvenir.

Ella est assise sur le dossier du canapé, un gobelet à la main. Elle discute avec Brody, un grand mec aux cheveux en bataille qui est plus intéressé par son décolleté que par ce qu'elle a à dire. Je les rejoins et m'assois à côté d'elle, posant un bras sur ses épaules. Je ne veux pas jouer au mec possessif et je sais qu'Ella ne me trompera jamais, mais ça ne veut pas dire que n'importe qui a le droit de la reluquer. Ella est à moi. Brody comprend le message et s'en va sans dire un mot.

— Tu étais passé où ?

— Je suis allé faire un tour dans le garage.

Je lui montre ma main gauche.

— Pour te mettre un joint sur le doigt ? me dit-elle en souriant.

— Comme ça, tout le monde sait que je suis pris.

— Dommage. J'avais envie de casser la gueule à toutes les filles qui allaient te draguer.

— Je n'en doute pas.

Je me penche pour l'embrasser et je lèche l'alcool resté sur mes lèvres.

— Tu bois du Bacardi ?

Elle hausse les épaules.

— J'ai envie de m'amuser, ce soir.

— Ah bon ? Je ne suis pas sûr d'aimer ça. Tu es méchante quand tu es bourrée.

— Hé ! Je ne suis jamais méchante.

Elle me pince la cuisse et j'avale une gorgée de bière.

— Je crois me souvenir d'une certaine partie de poker où tu m'as lancé un jeton à la figure.

— Tu le méritais. Tu étais arrogant, ce soir-là.

— J'avais le droit d'être arrogant. J'avais gagné et j'étais sur le point de te voir toute nue.

— Peut-être que tu me verras toute nue ce soir aussi… si tu arrêtes de dire que je suis méchante quand je bois. Et puis, tu peux parler… Toi aussi, tu es méchant quand tu es bourré.

— C'est pour ça que je reste à la bière, jolie fille.

Elle saute du canapé.

— Quelle chanson veux-tu que je joue ce soir ?

Elle prend le temps de réfléchir à la question.

— Celle qui est tatouée sur tes côtes. Je ne l'ai toujours pas entendue.

— Je ne l'ai jamais chantée devant personne, Ella. Je ne suis pas prêt.

— Pourquoi ?

— Parce que… Parce que je l'ai écrite pour toi.

— Justement. Joue-la-moi ce soir.

— Non.

— Pourquoi pas ?

— Parce que c'est trop personnel.

Cette chanson me tient à cœur, et je n'ai pas envie de la chanter devant tous ces gens alors que je ne la lui ai même pas chantée à elle. Et puis, je suis un peu stressé à l'idée qu'elle l'entende, parce que les paroles sont assez… intenses.

— Quand je l'ai écrite, ça m'a bouleversé. C'était la première fois que… que je réalisais que j'étais amoureux de toi. Je veux la jouer devant toi et toi seule.

— Ce soir, après la fête ?

— Peut-être. Ou pendant notre lune de miel.

— Notre lune de miel ?

— Quoi ? Tu pensais que je n'avais rien organisé ?

— Mais… le mariage a été repoussé ! Comment as-tu fait pour la décaler ?

— Je n'ai pas eu besoin de décaler quoi que ce soit. Il y avait de la marge entre le jour du mariage et notre départ.

— Où est-ce que tu m'emmènes ?

— C'est une surprise, Ella.

C'est alors que j'y repense : la tournée ! Si jamais j'accepte de la faire, tous mes plans tombent à l'eau. Et j'ai mis de l'argent de côté pendant des mois pour payer les réservations… Une croisière de trois jours. La lune de miel la plus banale qui soit, mais parfaite pour Ella et moi, qui n'avons jamais rien vécu de normal.

Ella se décale pour laisser passer un mec qui – si mes souvenirs sont bons – s'appelle Del, et qui chante *Petit Papa Noël* avec un bonnet de Père Noël sur la tête. Il est complètement bourré et il chante faux. Le salon est de plus en plus bondé, bruyant et enfumé. Si ça continue comme ça, il va finir par y avoir de la casse. Avant, je m'en fichais. Plus maintenant. Je me promets de virer tout le monde avant d'en arriver là.

Ethan est en train de discuter avec Jude Taylorsen, un très bon bassiste qui a dû accepter de jouer avec nous ce soir. Il me fait de grands signes pour que je les rejoigne. Je m'apprête à y aller quand Ella me retient par le bras.

— Est-ce que tu pourras chanter la chanson que tu as jouée au café la première fois que je suis rentrée à Star Grove ?

— Le jour où tu as failli tuer Kenzie parce qu'elle m'avait fait de l'œil ?

Elle me tire la langue.

— Kenzie est une salope. Je t'ai rendu service.

— Tu étais jalouse, Ella. Avoue-le.

Son sourire la trahit.

— Oui, un peu.

— Je le savais.

— Est-ce que tu pourras aussi jouer la chanson qu'on a écoutée dans la salle de bains ce matin ? ajoute-t-elle avant que je parte. Je l'aime beaucoup.

— Tu aimes la chanson, ou ce qu'on a fait en l'écoutant ?

— Les deux.

Elle termine son verre et je ne peux m'empêcher de mater son décolleté. Je sais que je ne suis pas le seul mec à le faire mais je m'en fous, parce que je suis le seul qu'Ella va épouser.

Je rejoins Ethan et Jude et je me plante derrière le micro. Je pose ma bière par terre et j'attrape ma guitare. Je l'ai achetée dans un vide-grenier quand j'avais treize ans. Mes doigts frôlent les initiales que j'ai gravées à l'arrière. C'est ma toute première guitare et, même si j'ai mis du temps à l'apprivoiser, j'adorais en jouer.

La musique m'a toujours aidé à m'exprimer, et c'est sur scène que j'ai commencé à réaliser les sentiments que j'avais pour Ella. Elle dansait au milieu de la foule, les mains en l'air et les hanches se balançant en rythme avec la musique. Je n'arrivais plus à la lâcher du regard. J'avais envie d'être avec elle, de la toucher et de l'embrasser. Quelques heures plus tard, j'ai écrit la chanson dont les paroles sont tatouées sur mes côtes. Cet instant était trop beau pour ne pas être gravé à jamais.

Ce soir-là, j'ai découvert que je l'aimais, même si je n'y pensais pas encore avec ces mots-là. Je ne comprenais pas encore ce qu'était l'amour. Ce que je savais, c'est que jamais personne ne la remplacerait.

Ella serait à moi, et pour toujours.

CHAPITRE 7

Ella

Ce soir, je ne veux pas penser à ma mère, ni à mes vœux, ni à mon portfolio. Je veux m'amuser, profiter de la fête et écouter Micha chanter.

Il commence avec la chanson que je lui ai demandé de jouer, celle du café. Je danse en m'éventant d'une main, pour oublier les corps moites qui m'entourent. Il a beau faire zéro dehors, il y a tellement de monde dans le salon que la chaleur est étouffante.

Lila danse à côté de moi. Elle porte une chemise bleue sans manches, un jean et des bottes que je lui ai prêtées. Elle a les yeux rivés sur Ethan.

— Tu es complètement gaga ! lui dis-je par-dessus la musique.

— N'importe quoi !

Je lui tends la main et la fais tourner sur elle-même. Elle éclate de rire. Sans le faire exprès, je donne un coup de coude à un mec et il me hurle dessus. Nous faisons comme si de rien n'était et continuons à danser en prenant garde à ne pas renverser nos verres, jusqu'à ce que la musique s'arrête et que la voix de Micha remplisse la pièce :

— La prochaine chanson est dédiée à la seule et unique personne à qui je dédie mes chansons.

Il m'adresse un clin d'œil. Une fille dans la foule se met à crier qu'elle est prête à lui faire n'importe quoi s'il accepte de chanter une chanson pour elle.

Je me retourne et cherche la coupable du regard. C'est Kenzie, la serveuse du café. Grande, pulpeuse, avec des cheveux noirs. Elle me défie du regard en buvant sa bière.

— En voilà une qui cherche la bagarre, dis-je sans la quitter des yeux.

Kenzie sait de quoi je suis capable. Ça fait longtemps que je ne me suis pas battue avec quelqu'un, mais ça ne veut pas dire que j'ai perdu la main.

— Allons-y toutes les deux ! me dit Lila, visiblement excitée par l'idée. Je la tiens pendant que tu lui tires les cheveux.

Je n'arrive pas à y croire. Lila a changé, certes, mais je ne pensais pas que c'était à ce point-là.

— Allez, Ella ! Je ne me suis jamais battue. J'aimerais savoir ce qu'on ressent. S'il te plaît, apprends-moi.

Je ne peux m'empêcher de sourire.

— Bon, d'accord. D'abord, on ne tire les cheveux de personne. Ça, c'est réservé aux filles.

— Mais… je *suis* une fille.

— Je sais, mais c'est en se battant comme un mec qu'on gagne. Les filles ne s'y attendent pas. Ça marche à tous les coups.

— Entendu.

— Et, si tu veux vraiment lui faire mal, tu peux lui donner un coup de pied dans…

Ma proposition est interrompue par le son de la batterie, de la guitare et de la basse, qui se mêlent les unes aux autres en parfaite harmonie. Je tourne la tête vers la scène, oubliant aussitôt Kenzie.

Micha glisse ses doigts le long du manche de la guitare. Il a les yeux fixés sur moi et chante la chanson que nous avons écoutée dans la salle de bains. La mélodie et les paroles me font voyager. Je repense à la vapeur chaude et aux doigts de Micha sur mon corps. J'ai envie de le toucher et qu'il me touche.

J'avale une gorgée de Bacardi. L'alcool me brûle autant que son regard. Quand ses lèvres s'entrouvrent pour chanter le refrain, je ferme les yeux et laisse le son de sa voix me pénétrer tout entière. Je suis ailleurs. Je vole. Les gens autour de moi n'existent plus. Il n'y a plus que moi et Micha et sa voix. Cela me rappelle la première fois où je l'ai entendu jouer. C'était dans sa chambre. J'étais assise sur son pouf, un carnet et un crayon sur les genoux, et lui sur son lit, torse nu. J'étais hypnotisée par l'intensité de son regard. On aurait dit qu'il était possédé par la musique.

— Qu'est-ce que tu en penses ? m'a-t-il demandé après avoir terminé sa chanson.

— C'était pas mal, ai-je répondu avec une fausse nonchalance.

La vérité, c'est que sa chanson m'avait tellement émue que je m'étais mise à dessiner son portrait sans même m'en rendre compte.

— Pas mal ? C'est tout ?

Vexé, il a posé sa guitare sur le lit.

— Non, Micha. C'était superbe.

Ce n'était pas dans mes habitudes d'utiliser des mots pareils. J'ai attendu qu'il réagisse, mais il s'est contenté de rejouer la même chanson. On aurait dit qu'il avait lu dans mes pensées. Soulagée, je suis retournée à mon portrait tout en l'écoutant jouer.

J'ouvre les yeux, prête à aller me servir un autre verre, quand Micha atteint le passage le plus puissant de la chanson. Je ne veux pas le rater. J'ai envie de danser, de me perdre comme ce jour-là, dans sa chambre. Je balance les hanches et secoue la tête d'avant en arrière en faisant voler mes cheveux. Je suis en talons et j'ai du mal à garder l'équilibre. Peu importe. Et je me fiche d'être la seule à danser. Les autres me prennent sûrement pour une folle, mais je préfère ça plutôt que de gâcher cet instant. Je me suis empêchée trop longtemps de vivre. J'ai besoin de m'amuser. De me laisser aller. Est-ce l'alcool qui me fait agir ainsi ? L'ancienne Ella qui tente de ressortir ? Ou peut-être suis-je moi-même, pour une fois… Quoi qu'il en soit, j'ondule sur le tempo comme si ma vie en dépendait. Lila rit à côté de moi et, quand j'ouvre les yeux, elle est en train de danser, elle aussi.

La chanson touche à sa fin. Quelques secondes plus tard, quelqu'un allume la chaîne et *New Low* de Middle Class Rut s'échappe des haut-parleurs. Dans quelques instants, nous ne serons plus les seules à danser au milieu du salon.

Micha me rejoint et enroule ses bras autour de ma taille, guidant mon corps contre le sien. Il est derrière moi, mais je le reconnaîtrais n'importe où. C'est son odeur qui le trahit : un mélange de parfum, de menthe, de bière et de musc.

— Tu es tellement sexy, Ella. Tu n'imagines pas à quel point c'était dur de rester sur scène en te voyant danser comme ça.

Il me mordille l'oreille et glisse une main sous ma robe pour la poser sur mes fesses. Il fronce les sourcils.

— Qu'est-ce que tu portes ?

— Un string à paillettes.

Je me retourne et plaque mon corps contre le sien jusqu'à ce qu'il n'y ait plus un seul millimètre entre nous. Je me frotte contre lui et il gémit de plaisir. Incapable de me contrôler plus longtemps, je mets mes bras autour de son cou et je l'embrasse avec passion. Je plonge ma langue dans sa bouche et j'aspire son piercing et sa lèvre.

— Tu me rends fou, Ella.

Ses mots m'excitent davantage. Je pose ma main sur son sexe et le caresse fermement.

— Doucement, jolie fille. Il y a du monde partout…

Je sais que je suis bourrée, mais je m'en fiche. Je sais ce que je veux. Je commence à déboutonner son jean mais il recule pour m'en empêcher, son visage trahissant un désir aussi fort que le mien. Il me prend par la main et nous fraie un chemin à travers la foule, en direction de la cuisine.

Il attrape deux bières dans la glacière et m'en tend une. Ethan est là, torse nu et en sueur. Lila est derrière lui avec une main posée sur son dos, suivant ses tatouages du bout des ongles.

— Dégage tout le monde dans une heure, OK ? demande Micha à Ethan.

— Pourquoi tu ne le fais pas toi-même ?

Il tourne la tête vers Micha, puis vers moi, avant de faire une grimace. Lila éclate de rire.

— OK, mec. Je m'en occupe.

Je pince les fesses de Micha en sortant de la cuisine et nous traversons le couloir. Nous entrons dans sa chambre et il ferme la porte derrière nous. Il écrase sa bouche sur la mienne.

— Tu as un goût de bière, dis-je en riant.

— Et toi de Bacardi.

Je l'embrasse en agrippant le bas de son tee-shirt et nous reculons vers le lit, nos bouteilles à la main.

— Attends, Ella… Tu as bu combien de verres ?

Je lève les yeux au ciel.

— Qu'on soit bien clairs, Micha. On est ensemble, et tu as le droit de faire l'amour à ta future femme, qu'elle soit bourrée ou pas.

— J'aime bien ta logique, dit-il en attrapant ma bouteille et en la posant sur la table de chevet. Tu es sûre que tu en as envie ?

— Sûre et certaine.

C'est tout ce qu'il lui fallait. Il soulève ma robe avec tellement de force qu'il arrache une partie du tissu et fait voler mes barrettes de mes cheveux.

— Désolé.

— Ce n'est qu'une robe.

Son piercing me brûle les lèvres et mes cheveux dégringolent sur mes épaules. Quelques minutes plus tard, nos habits sont par terre et je suis à cheval sur Micha. Il se glisse en moi et je gémis de plaisir. Je ferme les yeux Nos corps sont couverts de sueur. Mon esprit se libère. Une énergie indescriptible me traverse des pieds à la tête et j'enfonce mes ongles dans sa peau. Micha attrape mes mains et les serre fort contre lui jusqu'à ce que je jouisse.

Je crie son nom et tous mes soucis s'envolent, laissant derrière eux le bonheur et la satisfaction que seul Micha sait m'offrir.

CHAPITRE 8

Micha

Cette histoire de tournée m'empêche de dormir. Je ne sais pas comment l'annoncer à Ella.

Ethan est dans le salon en train de virer tout le monde. Les voix s'éloignent peu à peu et, une fois la maison plongée dans le silence, je branche mon iPod à ma chaîne. Je mets le volume au plus bas et lance *I Can Feel a Hot One* de Manchester Orchestra.

Ella est allongée sur le ventre à côté de moi. La lueur de la lune dessine des ombres sur son dos et met en valeur son tatouage. Un huit représentant l'infini. Le même que celui que j'ai sur le bras. J'aimerais me souvenir du moment où on a décidé de se faire tatouer. Je ne comprends pas comment on a pu faire quelque chose d'aussi… permanent. Qu'est-ce qui nous est passé par la tête ? Je caresse son tatouage d'une main et un frisson lui parcourt le corps.

— Tu ne dors pas ?

— Comment veux-tu que je dorme quand tu me touches comme ça ?

Je me mets sur le côté et dépose un baiser dans le creux de son dos.

— Et comme ça ?

— C'est pire. Mais tu peux continuer si tu en as envie.

Je pose une main sur son tatouage.

— Tu te souviens de cette soirée ? murmure Ella contre l'oreiller.

— Quelle soirée ?

— Celle où on s'est fait tatouer.

— J'étais justement en train d'y penser. Je me souviens qu'on a bu comme des trous dans mon jardin pendant que les gens faisaient la fête à l'intérieur… et que je me suis réveillé sur un banc public le lendemain. Ça s'arrête là. Je te l'ai déjà dit, jolie fille.

— Je sais, mais je me suis toujours demandé si tu ne me cachais pas la vérité, par peur de ma réaction.

— En effet, ça me ressemblerait bien… mais non. Je me demande vraiment comment j'ai fait pour te convaincre.

Ella ne dit pas un mot. Elle respire doucement, en rythme avec la musique.

— Ella ?

— Oui.

— Est-ce que tu me caches quelque chose ?

— Non, Micha. Je t'ai déjà dit que je ne me souvenais de rien, moi non plus.

— Menteuse !

Je la chatouille et elle enfonce son visage dans l'oreiller pour étouffer son rire. J'approche ma bouche de son oreille :

— Dis-moi ce qui s'est passé, Ella. Je te promets de ne pas me mettre en colère.

— Ce n'est pas ça qui m'inquiète. Le problème, c'est que tu vas prendre la grosse tête. C'est pour ça que je ne te l'ai jamais raconté.

— Je te jure de ne pas prendre la grosse tête.

— Tu parles ! Je te connais trop bien.

— Je sais comment te faire parler, jolie fille.

Je descends les doigts le long de son corps puis écarte ses jambes pour les glisser en elle. Elle sursaute et se met sur le dos pour m'en empêcher.

— Arrête, Micha !

Je me rassois et m'appuie contre le mur.

— S'il te plaît… raconte-moi tout.

Elle pousse un soupir et pose la tête sur mon épaule.

— D'accord, mais c'est vraiment parce que je t'aime.

Jamais je ne me lasserai de l'entendre.

— Ce soir-là, on en a eu marre de ta fête. On trouvait tout le monde fatigant. On a embarqué une bouteille de Bacardi et on est sortis dans le jardin pour faire la fête de notre côté.

Je pose mon menton sur sa tête.

— Les gens étaient toujours fatigants.

— Ça ne t'empêchait pas d'organiser des fêtes tous les week-ends.

— Je m'ennuyais. Ça me changeait les idées.

Elle dessine des formes sur mon ventre et mon torse. J'en ai la chair de poule. Ella est la seule fille qui sache me faire frissonner. Elle pose une main sur mon cœur et je la recouvre avec la mienne.

— Pourquoi avais-tu besoin de te changer les idées ?

— Parce que je pensais trop à toi, Ella.

— C'est aussi pour ça que tu couchais avec toutes ces filles ?

— Je t'ai déjà dit que je me servais d'elles pour passer le temps… en t'attendant.

— Mais est-ce que tu avais vraiment besoin de coucher avec tout le monde ?

— Tu exagères. Je n'ai pas couché avec *tout le monde* ! J'avais seize ans, j'étais en chaleur et tous les mecs que je connaissais couchaient déjà avec des filles.

— Ne me dis pas que c'était pour faire comme les autres. Ça ne te ressemble pas.

Je lâche sa main en soupirant.

— Je n'ai pas d'excuse, Ella. J'étais jeune, je m'ennuyais et j'étais amoureux de ma meilleure amie mais, dès que j'essayais d'aller plus loin avec elle, elle paniquait. J'étais perdu et, franchement, je m'en voulais tout le temps, autant vis-à-vis des autres filles que de toi.

Je me tais un instant pour lui laisser le temps de réagir si elle en a envie. Puisqu'elle ne dit pas un mot, je continue :

— Tu te souviens du jour où je t'ai embrassée sans te prévenir ? Le jour où j'ai gagné la course ?

— Bien sûr que je m'en souviens. J'ai failli te mettre mon poing dans la figure.

— Tu étais furieuse.

— Seulement parce que j'étais confuse.

— Comment ça ?

— Je… J'avais du mal à comprendre ce que je ressentais.

— Dis-moi ce que tu ressentais. Je suis curieux.

Même si on est ensemble aujourd'hui, j'adore quand on parle de notre passé. Surtout quand elle avoue qu'elle m'aimait déjà à l'époque.

Elle tourne la tête vers moi. Ses lèvres frôlent ma peau.

— Je ne sais pas, Micha.

— Est-ce que c'était… positif ?

— Oui. Très positif. C'est justement ce qui me faisait peur.

Je souris en regardant les guirlandes des voisins par la fenêtre.

— Merci, jolie fille.

— Pour quoi ?

— Merci de m'avoir confié ça. Ça me rassure de savoir que je n'étais pas le seul à souffrir dans mon coin. Maintenant, raconte-moi cette histoire de tatouage.

— D'accord. C'était mon idée, Micha. C'est moi qui ai voulu qu'on se fasse tatouer.

— Quoi ?

Elle pose une jambe sur moi. Ses seins frottent contre mon torse.

— On avait trop bu. Tu m'as mise au défi de t'embrasser, et j'ai accepté. J'ai décidé qu'il fallait graver ce moment à jamais avec un tatouage.

— Et je t'ai laissée faire ?

— Oui. Tu m'as emmenée chez Jason et tu lui as demandé de nous tatouer tous les deux. C'est toi qui as choisi le symbole.

— Et ensuite ?

— Je ne me souviens pas du reste.

Elle enroule un bras autour de mon cou et je glisse mes mains sur sa taille.

— Alors, comme ça, c'est à cause de toi que j'ai ce truc sur le bras ?

— Tu m'en veux ?

— Non, au contraire. Je suis super-content.

— Pourquoi ?

— Parce que ça prouve que tu m'aimes depuis toujours.

Elle repose la tête sur moi. Ses cils me chatouillent chaque fois qu'elle cligne des yeux.

— Je n'en avais pas conscience à l'époque, Micha. Mais je pense que tu as raison.

CHAPITRE 9

Ella

Le lendemain matin, je reprends la lecture du journal de ma mère. Je sais que je devrais arrêter, mais c'est plus fort que moi. Le passage que je m'apprête à lire a été écrit peu de temps avant son mariage, et elle a l'air complètement déprimée. Tout ce qu'une future mariée ne devrait pas être.

Je ne sais pas si je vais y arriver. Si j'écoutais les conseils de ma mère, j'annulerais le mariage. Elle pense que Raymond est un bon à rien, qu'il va gâcher ma vie et que je ne suis prête à devenir ni mère ni femme. Que je suis trop déprimée, trop fragile et trop instable. Elle n'a pas complètement tort mais je pense que, quoi qu'il arrive, ma vie est déjà gâchée. Que je me marie ou pas, que j'aie un enfant ou pas. Et puis, j'aime vraiment Raymond.

C'est chez moi que cela ne tourne pas rond. Parfois, même respirer me semble difficile. J'aimerais arrêter. Je me demande s'il est possible de retenir sa respiration assez longtemps pour en mourir.

Je devrais peut-être essayer.

Je regarde la photo de ma mère et son dessin de la rose fanée. Quand l'a-t-elle dessinée, et à quel moment la photo a-t-elle été prise ? Avant le mariage ? Après ? Et pourquoi ai-je tant besoin de savoir ?

— Tu es prête ? me demande Micha.

— On va dire que oui.

— Tout va bien se passer, ne t'inquiète pas.

Il attrape une bouteille de parfum et son regard s'attarde sur le journal que je viens de fermer.

— Est-ce que tu comptes parler du journal à ton père ?

— Oui, je pense que c'est le bon moment. J'espère juste qu'il va bien réagir.

Je me lève et j'attrape mon déo dans le sac. Je m'en vaporise un peu avant de le remettre à sa place. Je porte un tee-shirt noir et violet et un jean que j'ai enfoncé dans mes bottes. Micha pose la bouteille de parfum sur la commode, à côté d'un tas de vieux médiators.

— Pourquoi est-ce qu'il réagirait mal ?

— Parce que ça a un rapport avec ma mère. Et puis, j'ai peur qu'il ait envie de le lire.

— Si c'est le cas, tu n'as qu'à le laisser faire.

— Je ne sais pas, Micha. Elle a écrit plein de choses sur lui et leur mariage, et ce n'est pas vraiment… réjouissant.

— C'est toi qui vois.

Il ouvre un tiroir et se met à fouiller dedans sans raison. Il n'a pas l'air dans son assiette, tout à coup. Je pose une main sur son bras.

— Micha ?

— Oui.

— J'ai envie de me marier avec toi, d'accord ?

— Même après tout ce que tu viens de lire ?

— Oui. Je te le promets.

Il m'embrasse et me prend dans ses bras.

— Où est-ce qu'on va se marier ? me demande-t-il. On n'a toujours pas décidé.

— Aucune idée.

Lorsque j'étais petite, je ne rêvais pas de beau mariage ni de jolie robe blanche. Aujourd'hui, c'est pareil : peu importe où je me marierai et quelle robe je porterai. Tout ce que je veux, c'est que Micha soit là. À mes côtés.

— Et si on se mariait dans ton jardin ? Après tout, c'est un endroit qui fait partie de notre histoire.

Il aspire son piercing en réfléchissant à ma proposition.

— C'est vrai, mais il y a aussi le lac. Notre cachette. C'est là qu'on s'est dit « je t'aime » pour la première fois, même si tu ne te le rappelles pas.

— Il va faire froid, là-bas.

— Et alors ?

Il a raison, et tant pis si le lac me fait toujours penser au soir où j'ai failli sauter du haut du pont. Le soir où Micha m'a sauvée. Le soir où je l'ai embrassé pour l'empêcher de dire les trois mots qui me faisaient tellement peur à l'époque, et que j'aime tant entendre aujourd'hui. Je me revois partir en courant après notre baiser, mais je ne me souviens pas de la suite. L'adrénaline, la peur et les médicaments que j'avais volés à ma mère m'ont fait oublier presque tout. Il ne me reste que des bribes de souvenirs. Les flaques d'eau sur le pont. Les gouttes de pluie sur le goudron. L'eau noire comme de l'encre. Les éclairs zébrant le ciel. La chaleur de Micha…

— Est-ce que tu peux me raconter ce qui s'est passé après ? J'aimerais vraiment savoir.

Il me regarde un long moment puis, au lieu de sortir de la pièce ou d'ignorer ma demande, il me guide vers le lit et prend ma main dans la sienne.

— Bien sûr, Ella. Je vais tout te raconter.

CHAPITRE 10

Deux ans et demi plus tôt

Micha

La pluie s'abat sur nous. Mon jean et mon tee-shirt sont trempés. Le tonnerre gronde et des éclairs traversent le ciel noir. J'ai les lèvres paralysées par le froid… et par notre baiser.

— Ella, reviens ici tout de suite !

Je lui cours après. Elle a du mal à marcher droit. À la lueur de mes phares, on dirait un fantôme.

— Laisse-moi tranquille, Micha !

Elle trébuche et tombe par terre. Je ne sais pas si c'est à cause des médocs qu'elle a avalés. Je me jette sur elle pour l'aider à se relever, mais elle me repousse en donnant des coups de poing dans le vide.

— Lâche-moi !

Elle se met à pleurer et ça me brise le cœur. Ella ne pleure jamais…

— S'il te plaît, Micha. Laisse-moi tranquille.

— Non ! Jamais je ne te laisserai tomber.

Je la soulève et la prends dans mes bras. Je retourne à la voiture et j'ouvre la portière côté passager. Une fois qu'Ella est assise et que la portière est fermée, je me sens mieux. Mieux que quand je me suis garé et que je l'ai vue sur la rambarde, prête à sauter.

Je donne un coup de pied dans le pneu et je passe une main dans mes cheveux mouillés. Comment a-t-elle pu en arriver là ? Une fille aussi belle, intelligente et unique qu'Ella ne mérite pas tout ça. Elle a passé sa vie à s'occuper de ses parents, à ne penser qu'aux autres, et voilà que sa mère se suicide et que son père rejette la faute sur elle !

Je fais le tour de la voiture, je m'assois derrière le volant et je ferme la portière. Mes fringues trempées collent au siège.

— Tu dois avoir froid, je lui dis en mettant le chauffage.

— Je ne sais pas. Je ne sens plus rien.

Elle ne me regarde pas. Elle a le front plaqué contre la vitre et les mains sur les genoux. Des gouttelettes de pluie dévalent ses cheveux et ses joues.

— Mets ta ceinture, Ella.

Elle ferme les yeux.

— Je... Je ne peux pas...

Elle a l'air épuisée. Je me penche vers elle et j'attrape la ceinture de son côté pour l'attacher moi-même. Ella me surprend en posant son front contre le mien. Sa peau est aussi froide que la pluie qui fouette le pare-brise.

— Tu... Tu as failli me dire que tu m'aimais.

— Oui.

— Personne ne me l'a jamais dit.

— Je sais.

Elle ferme les yeux et j'ai peur de bouger. J'ai peur de tout gâcher. Des gouttes coulent le long de mon front et de mes lèvres. J'enlève ma main tremblante de la ceinture et je la pose sur sa hanche.

— Est-ce que tu le pensais vraiment ?

— Oui, Ella. Plus que jamais.

— Micha, je…

Je meurs d'envie qu'elle me le dise enfin, elle aussi. Hélas, elle décolle son front du mien, se tourne vers la portière et repose la tête contre la vitre.

— Je suis vraiment fatiguée.

— Je vais te ramener à la maison.

— Non… Pas chez moi. Ailleurs. Je ne veux pas rentrer chez moi, Micha.

— Où est-ce que tu aurais envie d'aller ?

— Je ne sais pas. Un endroit qui me rende heureuse.

Je pose mes mains sur le volant. Un endroit qui la rende heureuse ? Je ne suis pas certain qu'une telle chose existe, mais il faut bien que je tente un truc. Je démarre en marche arrière. Une fois au bout du pont, je fais demi-tour et je fonce.

La route est quasiment inondée et mes essuie-glaces sont à fond. Chaque fois que le tonnerre gronde et qu'un éclair zèbre le ciel, je sursaute dans mon siège. Ella, elle, ne bronche pas. Au bout d'un moment, elle attrape mon iPod et fait défiler la liste de morceaux. Elle tremble mais, quand je lui demande si elle a froid, elle me jure que non. Elle s'arrête sur *This Place is a Prison* de The Postal

Service. Elle s'enfonce dans son siège et fixe le toit de la voiture en écoutant la chanson.

Je conduis jusqu'à rejoindre le chemin qui mène à notre cachette, un coin isolé qui donne sur le lac et où on va quand on a besoin d'être seuls. D'être ensemble. Le chemin est dans un sale état et j'ai peur de m'enliser dans la boue. Je me gare face au lac et je laisse les phares allumés.

— À quoi tu penses ? je lui demande.

— Je pense que j'aurais dû sauter.

C'en est trop. Je donne un coup de poing dans le volant.

— Ça suffit, Ella ! Arrête de dire des trucs pareils ! Je *sais* que tu ne veux pas mourir.

— Si, me répond-elle à voix basse. J'aimerais ne plus être là, Micha.

— Même avec moi ?

J'ai envie de pleurer. Je pose une main sur sa joue. Elle me regarde droit dans les yeux.

— Tout ce que je sais, c'est que je ne veux plus vivre comme ça. Je ne veux plus me sentir coupable. Je ne veux plus avoir mal. C'est trop dur.

Elle a du mal à respirer. Je pose une main sur la sienne, choqué par la vitesse à laquelle son cœur bat – je le sens contre sa paume.

— Tu n'es pas responsable de la mort de ta mère, Ella. On en a déjà parlé. Ce n'est pas ta faute.

— Ce n'est pas ce que disent mon père et Dean.

Elle enlève sa main de la mienne.

— Ton père et ton frère ne comprennent rien à la vie. On se fout de ce qu'ils pensent. Rappelle-toi : toi et moi contre le monde entier.

Ses paupières tremblent. Elle lutte pour garder les yeux ouverts.

— Tu n'arrêtes pas de répéter ça.

— Parce que c'est vrai ! Je me fous des autres. Il n'y a que toi qui comptes, Ella May. Je ne peux pas vivre sans toi.

Des larmes dévalent son visage.

— Je me déteste.

— Arrête de dire ça.

— Non ! Je me déteste, Micha. C'est vrai. Et j'aimerais que tu me voies enfin comme je suis vraiment...

Elle continue à pleurer en regardant les arbres, puis le lac, comme si elle cherchait un moyen de s'enfuir.

— Sans moi, tu serais enfin heureux.

— Non, c'est faux. Je... Je...

Ce que je m'apprête à dire va tout changer, même si je sais qu'elle ne se le rappellera sûrement pas demain matin. Je ne pourrai jamais revenir en arrière.

— Je t'aime, Ella. Tu comprends ? Je t'aime ! Et peu importe ce qui nous arrive, à toi ou à moi, je t'aimerai toute ma vie.

Je la tire par le bras. Elle se laisse guider et se retrouve sur mes genoux. Je la serre fort contre moi et elle pleure contre mon tee-shirt déjà mouillé. Je regarde la pluie tomber sur le lac. Je me sens impuissant. J'aimerais faire disparaître sa douleur. Ella mérite d'être avec quelqu'un qui l'aime plus que tout. Quelqu'un comme moi. Si seulement elle me faisait une place…

— Micha ?

— Oui, Ella.

Elle me regarde comme si elle n'avait aucune idée de l'endroit où elle est. Elle s'agrippe à moi. Je pense qu'elle est sur le point de s'endormir. Je passe un doigt sous ses yeux pour essuyer ses larmes.

— Je t'aime aussi.

Elle approche son visage du mien et dépose un baiser sur mes lèvres. C'est trop rapide, mais ça suffit à me bouleverser.

Quelques minutes plus tard, elle dort profondément.

Je n'arrive plus à retenir mes larmes. Je pleure en silence, accompagné par le battement de la pluie. Je pleure pour elle. Pour la vie qui lui a été donnée. Je pleure parce que je l'aime tellement que je ne supporte plus de la voir souffrir. Parce que, demain matin, tout sera effacé de sa mémoire.

Parce que j'ai peur de la perdre pour toujours.

CHAPITRE 11

Ella

Après que Micha m'a tout raconté, je reste allongée contre lui en silence, la tête posée contre son cœur. Il bat plus vite que d'habitude. Ce soir-là, je lui ai vraiment fait peur.

— Je ne me souviens de rien.

— Je sais. Je me doutais que tu aurais oublié le lendemain.

Quand je pense que j'étais sur le point d'en finir… Si j'avais sauté ce soir-là, jamais je n'aurais pu vivre ce qu'on vit aujourd'hui.

— Je suis désolée, Micha.

— Tu n'as pas à t'excuser. Ce n'était pas ta faute.

— Personne ne m'a forcée à partir.

— C'est ce que je pensais aussi à l'époque mais, aujourd'hui, je ne vois pas les choses de la même manière. Je pense que, quand la vie est trop dure, chacun survit comme il peut. Moi, par exemple, c'est en coupant les ponts avec mon père. Toi, c'est en fuyant.

— Mais je suis revenue. Et je suis de retour pour de bon, cette fois.

— Je sais. Tu es en train de guérir, Ella May.

Il me caresse la joue et m'effleure les lèvres avec son pouce.

— Est-ce que tu es certain de ne plus vouloir parler à ton père ?

— Sûr et certain. J'ai tout ce qu'il me faut dans la vie. Ma mère. Toi. Ethan et Lila. Ça me suffit largement.

Il prend ma main dans la sienne. Le joint sur son doigt appuie contre ma bague de fiançailles.

— Bientôt, je t'aurai pour toujours et on pourra fonder une famille.

Une famille ? Je me redresse et m'assois au bord du lit. Micha me regarde de travers.

— Qu'est-ce qui t'arrive ?

— Je voulais justement te parler de ça, Micha.

— De quoi ? De t'avoir pour la vie ou de fonder une famille ?

— Heu… La dernière partie.

— Si ça peut te rassurer, je n'ai pas l'intention d'avoir des enfants tout de suite. On peut encore attendre quelques années.

Sa réponse me surprend. Il n'a même pas eu besoin d'y réfléchir… comme s'il le savait déjà.

Je m'assois en tailleur sur le lit et Micha se met en face de moi.

— Et si je n'ai pas envie d'en avoir ? dis-je en me mordant la lèvre.

— Tout dépend de la raison.

— Mais, toi… tu en as vraiment envie ?
— Oui. Tu ne te vois pas avoir des enfants ?
— Non.
— Pourquoi ?
Je lève les yeux au ciel.
— C'est pourtant évident.
— Non, pas vraiment.
— À cause de mon histoire, Micha. À cause de mes problèmes. Je ne sais même pas ce que ça veut dire, être mère ! J'ai passé mon enfance à m'occuper de la mienne, pas l'inverse.
Il pose ses mains sur mes genoux.
— Justement, c'est ce qui va faire de toi une bonne mère.
— Non, Micha. C'est ce qui va faire de moi une *mauvaise* mère.
Il glisse ses mains sur mes cuisses et s'agrippe à moi, comme s'il avait peur que je m'enfuie.
— Tu as tort. Tu as pris tout le monde en charge dans cette maison. C'est toi qui préparais à manger et qui faisais le ménage. C'est toi qui payais les factures et qui rappelais à ta mère de prendre ses médicaments. C'est toi qui restais à la maison pour la surveiller pendant que ton père était au bar. À seize ans, tu étais aussi responsable qu'une femme de trente ans. Je ne dis pas que c'est bien – au contraire –, mais c'est ce qui t'a forgée…
— J'ai aussi fait des erreurs, Micha. Tu oublies toutes les bagarres auxquelles j'ai été mêlée, tous les toits desquels j'ai sauté, toutes les fois où je t'ai forcé à conduire vite…
— Tu avais le droit de t'amuser.

— Je ne sais pas…

— Je te jure que tu ferais une bonne mère, Ella.

— Et si j'ai envie de passer le reste de ma vie à dessiner et à t'écouter chanter, pas à élever des enfants ?

— Si c'est le cas, tes désirs sont des ordres. Je suis prêt à tout pour toi. Tout ce que je veux, c'est que tu m'épouses.

Il se lève en souriant et il me tend la main.

— Je tiens quand même à dire qu'on ferait de très beaux enfants, toi et moi. Imagine un bébé avec tes cheveux et mes yeux !

— Je n'aime pas la couleur de mes cheveux, dis-je en grimaçant. Et si elle avait tes yeux *et* tes cheveux ?

— « Elle » ? Tu voudrais une fille ?

Nous sortons de la chambre et traversons le couloir. Quand je m'imagine avec un enfant, c'est une petite fille blonde aux yeux bleus que je vois… mais je ne suis pas prête à l'admettre à voix haute.

— Et si on annonçait notre mariage à ta mère ? dis-je pour changer de sujet.

Micha se tourne vers moi avant de répondre et, pendant un instant, je me demande qui il voit. La fille qu'il a rencontrée quand il avait quatre ans ? Celle qui lui a brisé le cœur il y a deux ans ? Ou celle qui ose parler de mariage et de bébés ?

— Comme tu veux, répond-il en me prenant par la main.

— Et si on faisait comme tu veux toi, pour une fois ?

— Tout ce que je veux est devant moi, Ella.

Et je sais qu'il le pense vraiment.

CHAPITRE 12

Micha

Il fallait bien aborder le sujet un jour ou l'autre. J'aimerais avoir des enfants, mais je veux qu'Ella soit prête le jour où on prendra cette décision. Je pense vraiment ce que je lui ai dit. Enfants ou pas, je serai heureux tant que je serai avec elle.

Il est temps que je lui parle de la tournée. J'aurais dû sauter sur l'occasion et le faire tout à l'heure, mais j'ai eu peur de sa réaction. La musique, c'est ma passion, mon moyen d'expression. Ella le sait et elle me soutient, mais j'ignore jusqu'à quel point… et je ne veux pas qu'elle se sacrifie pour me faire plaisir. Si elle n'est pas prête à ce que je parte en tournée, à moi de tirer un trait sur mon rêve.

On entre dans la cuisine, où ma mère est en train de préparer du café. Ça me rappelle le jour où Ella et moi lui avons avoué qu'on était allés dans le jardin de la voisine, Mme Millerson, et qu'on avait cassé son nain de jardin. On avait sept ans et on voulait vérifier si c'était un vrai nain. Mme Millerson nous a pris sur le fait et nous a demandé de lui en racheter un. Ma mère ne nous a même pas punis. Elle s'est beaucoup adoucie après le départ de mon père, et elle aimait trop Ella pour lui en vouloir.

Aujourd'hui, pas de nain de jardin en vue… mais un mariage. Le moment est venu d'annoncer à ma mère que j'épouse Ella ce week-end.

On commence par lui dire qu'on a failli se marier sans elle. Ma mère se met en colère mais, quand elle réalise qu'on se marie dans cinq jours à Star Grove, elle est excitée comme une puce. Thomas, son mec, est en train de manger des céréales pendant qu'on discute de tout ça. Il a l'air un peu plus soigné que la dernière fois qu'on l'a vu. Il porte un tee-shirt propre et un jean sans trous. Ma mère, elle, s'habille comme si elle avait quinze ans. Elle porte un tee-shirt et un jean avec des strass. Je me retiens de commenter. Thomas est un imbécile, mais il a l'air de la rendre heureuse. C'est le principal.

Elle ouvre le frigo, attrape une bouteille de lait et en verse dans son café.

— Si vous saviez à quel point je suis contente ! Mon Micha qui se marie avec Ella, la fille que j'aurais aimé avoir… Ça va être super !

Ella recule d'un pas. L'enthousiasme de ma mère lui fait peur.

— Qu'est-ce que… Qu'est-ce qui va être super ?

— L'organisation du mariage ! répond ma mère en rangeant la bouteille dans le frigo. Faites-moi confiance. La cérémonie va être sublime.

Je me plante derrière Ella et je l'entoure de mes bras pour la rassurer.

— Je te rappelle qu'on se marie dans cinq jours, m'man. Et qu'on est tous fauchés.

Elle jette un œil par la fenêtre et regarde les flocons tomber du ciel. Il fait tellement sombre qu'on se croirait en début de soirée, alors que l'après-midi ne fait que commencer.

— Ce n'est pas un problème, Micha. On peut faire beaucoup de choses en cinq jours, et j'ai mis un peu d'argent de côté. On n'a pas besoin d'être millionnaire pour organiser un beau mariage. Est-ce que tu as déjà ta robe, Ella ?

— Ma… quoi ?

— Ta robe, chérie. Est-ce que tu en as déjà une ?

Ella est tétanisée. Ma mère me regarde avec inquiétude en avalant une gorgée de café. Je passe ma tête par-dessus l'épaule d'Ella pour voir quelle mine elle fait. Elle a les larmes aux yeux.

— Oui, m'man. Elle a déjà une robe. Donne-nous deux minutes, d'accord ?

Je prends Ella par la main et elle me suit comme un automate, le regard vide. Je m'arrête au milieu du couloir. Elle a les yeux rivés sur une photo de ma mère et moi accrochée au mur.

— Qu'est-ce qui t'arrive, Ella ?

— Rien.

Je pose une main sur sa joue et la force à me regarder dans les yeux.

— Ne me mens pas. Tu es sur le point de pleurer.

— Je… C'est juste que… Oh ! C'est trop bête.

Elle essuie les larmes au coin de ses yeux et j'en arrête une qui coule sur sa joue.

— Arrête de penser que tout ce que tu dis est bête, Ella.

— Tu te rappelles quand je t'ai demandé de conduire à cent trente sur la neige ? Ne me dis pas que ce n'était pas bête.

Je me souviens de cette soirée comme si c'était hier. Ella avait un peu bu et elle était tout excitée parce qu'un mec venait de lui dire qu'elle avait un beau cul. On est rentrés ensemble de la fête, moi au volant.

— Va plus vite, Micha ! Monte à cent trente !

— Non.

C'était trop dangereux. La route était complètement enneigée. Je comptais bien ramener Ella chez elle en un seul morceau.

— Allez, Micha… S'il te plaît !

Elle portait sa veste en cuir et un tee-shirt noir avec un décolleté plongeant. Mon sexe était dur comme de la pierre.

— Non, Ella. Tu es bourrée et tu dis n'importe quoi.

— Hé ! Ce n'est pas très gentil, ça.

Elle s'est mise à bouder, ce qui la rend encore plus sexy.

— Allez, Micha ! Fais-le. Rien que pour moi.

Elle était trop belle, trop parfaite. J'aurais aimé le lui dire. J'aurais aimé lui avouer que j'avais envie de passer des heures à écrire des chansons sur elle et sa beauté. J'avais beau avoir les yeux rivés sur la route, Ella avait toute mon attention.

— Tu peux me supplier autant que tu le voudras, jolie fille. Je ne veux pas finir dans le fossé.

Elle s'est enfoncée dans son siège en faisant la moue, les pieds sur le tableau de bord.

— Je ne comprends pas pourquoi tu m'appelles comme ça.

— Jolie fille ?

— Oui.

— Parce que je te trouve jolie. Le problème, c'est que tu n'acceptes jamais les compliments que je te fais, alors je me contente d'un juste milieu.

Bercée par l'alcool et la voiture, elle a fini par s'endormir. Sa tête a glissé sur mon épaule. J'ai pris tout mon temps pour rentrer à la maison. La soirée se terminait exactement comme je l'aurais rêvé : avec Ella à mes côtés.

— On fait tous des erreurs, je lui dis en y repensant.

— Moi bien plus que toi.

— Ça m'étonnerait... Allez, Ella ! Dis-moi ce qui ne va pas.

Je pose une main contre le mur, juste au-dessus de sa tête.

— Je... Je n'arrête pas de penser à ma mère.

— À cause du journal ?

— Non... Parce qu'elle ne sera pas là à mon mariage. C'est aussi pour ça que je voulais me marier ici. Pour être près d'elle.

J'en ai le ventre noué. Je n'y avais même pas pensé.

— Je t'avais dit que c'était bête... J'aurais mieux fait de me taire.

— Ce n'est pas bête du tout, Ella. C'est tout à fait normal. Est-ce que tu veux qu'on se marie près du cimetière ?

— Non, j'aime bien l'idée du lac. On est dans la même ville qu'elle. C'est le principal. C'est bizarre... Je parle d'elle comme si elle était vivante.

Elle a la voix qui tremble et elle n'arrive pas à me regarder dans les yeux.

— Il n'y a rien de bizarre, Ella. Tu as le droit de vouloir être près de ta mère, qu'elle soit vivante ou pas.

— Je sais. Et mon père sera là. C'est mieux que rien.

— Est-ce que tu comptes inviter Dean et Caroline ?

— Caroline est enceinte jusqu'au cou. Je ne sais pas si elle est assez en forme pour faire le trajet. Et puis, il est un peu tard pour les inviter...

— Comme tu veux, je lui dis en déposant un baiser sur ses lèvres. Tu n'es pas obligée, mais n'oublie pas qu'on ne se marie qu'une fois.

Elle me sourit, l'air coquin.

— Ah bon ? J'avais l'intention de me marier plein de fois, moi ! Au moins dix ou vingt. Tu me sers d'entraînement, c'est tout.

Je lui fais un croche-pied et on atterrit tous les deux par terre. Elle s'allonge et je pèse de tout mon poids sur elle pour l'empêcher de bouger. Elle éclate de rire. Les larmes ont disparu.

— Va-t'en, Micha ! On est trop vieux pour ce genre de trucs.

— On ne sera jamais trop vieux pour ça, Ella. Je continuerai à te faire des croche-pieds toute ma vie, même à quatre-vingt-dix ans.

Elle me regarde un long moment.

— Tu me rends heureuse, Micha.

Voilà une déclaration qui peut paraître normale chez les autres mais, venant d'Ella, c'est un miracle. Jamais je ne l'ai entendue admettre une chose pareille.

— Toi aussi, Ella. Tu me rends heureux.

Et on s'embrasse avec passion sur la moquette du couloir.

CHAPITRE 13

Ella

La mère de Micha a très bien réagi à notre annonce, et j'ai enfin reconnu à voix haute que je voulais me marier à Star Grove pour être à côté de ma mère. L'étape la plus difficile est à venir : il est temps d'aller voir mon père, pour lui parler non seulement du mariage mais aussi de la boîte… et de ce qu'elle contient.

Micha m'accompagne et nous marchons main dans la main jusque chez moi. En entrant dans la maison, je ne peux qu'être surprise par la propreté du lieu. Pas une seule bouteille d'alcool en vue. Dans la cuisine, l'ancienne table a été remplacée par une table toute neuve. Elle est blanche, avec un banc d'un côté et deux chaises de l'autre. Le sol a toujours les mêmes vieilles taches, mais il a été nettoyé il y a peu de temps. Ça sent le produit ménager et la cannelle.

La dernière fois que je suis venue, la maison était sur le point d'être saisie. Depuis, mon père a réussi à rembourser ses dettes et à la récupérer.

— Impressionnant, dit Micha en inspectant la cuisine.

Je lâche sa main et me dirige vers la table, sur laquelle trône un gros pot en céramique en forme de coq. Je soulève sa tête – le couvercle – et un « cocorico » s'en échappe.

— Tu ne vas pas le croire, Micha ! Il y a des cookies à l'intérieur… et je pense qu'ils sont faits maison.

Il éclate de rire et vient voir de plus près. J'attrape un cookie et je ferme le pot.

— Les seuls cookies que j'ai mangés dans cette maison, ce sont des Oreos, lui dis-je. Tu t'en souviens ? On partageait chaque biscuit et tu prenais toujours la moitié avec la crème.

Micha croque dans mon cookie.

— Que veux-tu que je te dise ? Je t'aime, mais pas autant que les Oreos.

Il s'apprête à me voler une autre bouchée, mais j'engouffre le restant de cookie dans ma bouche pour l'en empêcher. Il m'embrasse de force et glisse sa langue entre mes lèvres pour essayer d'en attraper un morceau. Je recule en riant et en faisant la grimace.

— Tu es vraiment dégoûtant !

Il se lèche les lèvres, visiblement satisfait.

— Je m'en fiche. J'ai eu ce que je voulais.

Je lui tire la langue, recouverte de cookie à moitié mâché.

— C'est *ça* que tu viens de manger.

— Je sais. C'était super-bon.

C'est répugnant, mais je ne peux m'empêcher de sourire. Je suis en train de devenir comme ces filles qui trouvent que tout ce que fait leur mec est adorable. Enfin, leur *fiancé*. Ou plutôt… leur *futur mari*. Tout à coup, la réalité me revient en pleine face.

— Je… Je viens de réaliser. Je vais m'appeler Ella May Scott !

Micha fronce les sourcils, soit parce qu'il n'y avait pas pensé non plus, soit parce qu'il a peur que je panique.

C'est à ce moment-là que mon père arrive. Il porte ses vêtements de travail : une veste à carreaux trop grande pour lui, une chemise bleue trouée, un jean et des bottes recouverts de peinture. Il est mal rasé et il a un peu grossi depuis la dernière fois que je l'ai vu. Par contre, ses yeux ont une apparence normale. Ils ne sont pas injectés de sang. Et il sent la cigarette, pas l'alcool.

— Ella ? Qu'est-ce que tu fais ici ? Je pensais que tu ne pouvais pas venir pour Noël.

Je me colle à Micha pour me donner du courage. Même si mon père va beaucoup mieux qu'avant, je n'ai pas oublié le passé… Quand il était bourré à longueur de temps. Quand il me reprochait d'être responsable de la mort de ma mère. Quand il n'était même plus capable de me regarder dans les yeux.

— On a changé d'avis, lui dis-je en prenant Micha par la main.

Il se masse le cou d'une main en jetant un œil inquiet vers les placards.

— Si j'avais su, j'aurais acheté à manger…

— Ne t'inquiète pas pour ça. De toute façon, je reste chez Micha jusqu'à notre départ.

— D'accord.

Un silence s'installe, et je repense à ce que ma mère dit de lui dans son journal. Qu'elle n'était pas excitée à l'idée de l'épouser. Qu'elle était trop déprimée. Est-ce qu'il le savait ? Ou ma mère lui mentait-elle pour le protéger ? Suis-je en train de faire la même chose ?

Micha se racle la gorge et me donne un coup de coude dans les côtes.

— Je… J'ai quelque chose à te dire, papa.

— Je t'écoute.

— Tu te souviens de notre dernier coup de fil ? Quand je t'ai annoncé que Micha et moi étions fiancés ?

Je passe un doigt sur ma bague pour me calmer. J'ai peur que mon père gâche tout en disant quelque chose que je ne veux pas entendre.

— Oui, je m'en souviens.

— On devait se marier à San Diego, mais on a décidé de rentrer à Star Grove pour se marier ici. Ce week-end. Le jour de Noël.

Ses yeux se posent aussitôt sur mon ventre.

— Ella… Tu n'es pas… Tu n'es pas…

Il fusille Micha du regard. Je mets quelques secondes à comprendre.

— Quoi ? Non ! Je ne suis pas enceinte !

Je n'arrive pas à croire qu'il ait pensé à ça. Je prends la pilule depuis un an et nous avons toujours fait attention, Micha et moi.

— Tant mieux, soupire-t-il.

Micha se retient de rire. C'est à mon tour de lui donner un coup de coude.

— Ce n'est pas drôle, Micha.

Le pire, c'est que j'ai envie de rire, moi aussi. Je sais qu'il n'y a pas de quoi, mais je trouve la situation tellement « banale » qu'elle en devient comique. Mon père vient d'avoir une réaction normale – une réaction de père – pour la première fois depuis que je suis née.

— Je vous promets qu'elle n'est pas enceinte, insiste Micha. On a juste décidé que c'était le bon moment.

— Mais vous êtes si jeunes, tous les deux…

— Comme toi et maman.

— Je sais, mais c'était différent entre ta mère et moi. C'était… compliqué.

— Parce qu'elle était enceinte. Je suis au courant, papa. Ma grand-mère m'a envoyé une boîte contenant les affaires de maman. Dont son journal intime.

Bizarrement, mon père n'a pas l'air surpris.

— Ce n'est pas ta grand-mère qui te l'a envoyée, soupire-t-il. Enfin, ce n'est pas elle qui l'a postée. C'est son avocat.

— Son avocat ? dis-je en même temps que Micha.

— Elle est morte il y a un an et il a trouvé cette boîte dans sa chambre, à la maison de retraite. Il y avait ton nom dessus, alors il a appelé ici et m'a demandé ton adresse pour te l'envoyer.

Morte ? Je suis presque attristée par la nouvelle. Même si je ne la connaissais pas, c'était quand même ma grand-mère. Au fond, j'aurais aimé la rencontrer. Maintenant, je sais que cela n'arrivera jamais.

— Pourquoi ne m'as-tu pas prévenue ?

Micha se rapproche de moi, comme s'il sentait que la situation était sur le point de s'envenimer. Mon père attrape un paquet de cigarettes dans la poche de sa veste.

— Parce que j'ai du mal à te parler de ce genre de choses, Ella. Surtout quand il s'agit de mort et de… de certaines personnes.

— De ma grand-mère ?

— Et de ta mère. Ce mec allait t'envoyer ses affaires et je ne savais pas comment tu réagirais, ni même ce que j'en pensais moi …

Il ouvre son paquet et porte une cigarette à sa bouche en cherchant son briquet dans la poche arrière de son jean. Il attrape un cendrier et allume sa cigarette. Le doux parfum de cannelle est remplacé par l'odeur piquante du tabac.

— C'est un sujet difficile, Ella. Autant pour toi que pour moi. Mon psy m'a dit que je devrais en parler plus souvent, surtout avec toi.

— Tu vois un psy ? Depuis quand ?

— Depuis un mois.

Son portable se met à sonner. Il regarde l'écran puis lève la tête vers nous.

— Désolé, j'en ai pour deux minutes.

Il répond au téléphone en sortant de la cuisine.

— Je n'arrive pas à croire qu'il voit un psy, dis-je à Micha. D'abord mon frère, puis moi, et maintenant mon père… On est tous fous, dans cette famille.

— Ne recommence pas, Ella. Tu n'es pas folle.

— Je sais. Excuse-moi. Est-ce que… Est-ce que tu pourrais me laisser avec mon père ? Je pense qu'il faut qu'on discute seul à seul.

— Ça ne me dérange pas de rester.

— C'est gentil, mais je veux lui poser des questions sur ma mère et je pense que ce sera plus facile pour lui de répondre si tu n'es pas là.

Il hésite un instant avant de lâcher ma main, puis il se dirige vers la porte et l'ouvre en grand. Des flocons de neige tombent sur le paillasson.

— Si tu n'es pas rentrée d'ici une heure, je viens te chercher.

— Ne t'inquiète pas pour moi. Ce n'est que mon père.

Micha ne me lâche pas du regard. Je sais à quoi il pense. Même si mon père ne m'a jamais fait de mal physiquement, ses mots m'ont fait souffrir plus d'une fois.

— À tout à l'heure, Micha.

Il remonte sa capuche et ferme la porte derrière lui. Je m'assois à table et j'attrape un second cookie dans le pot. Mon père revient au moment où j'avale la dernière bouchée.

— Où est passé Micha ?

— Il est rentré chez lui.

— D'accord.

Il s'assoit sur la chaise à côté de moi.

— Je vois que tu as trouvé les cookies.

— Oui. C'est toi qui les as faits ?

— Non, répond-il en fermant le pot. C'est Amanda.

— Amanda ?

— Une femme que j'ai rencontrée au centre.

— Une patiente ?

— Non. C'est la secrétaire.

— Est-ce que tu… Est-ce que tu sors avec elle ?

Il se gratte la tête.

— Heu… Oui, si on veut.

J'en perds mes mots. J'ai du mal à imaginer mon père avec quelqu'un d'autre que ma mère.

— C'est elle qui a nettoyé la maison ?

— Non, c'est moi. Pourquoi ?

— Parce que c'est bien fait. Et la cuisine est jolie.

Il s'apprête à dire autre chose, mais il se retient et s'installe un peu plus confortablement dans sa chaise.

— Alors, qu'est-ce qu'il y avait dans cette boîte ? Je sais que ce sont les affaires de ta mère, mais quoi exactement ?

— Son journal intime, des dessins et des photos. Je ne savais pas qu'elle aimait l'art.

— Elle dessinait beaucoup quand elle était jeune, mais elle a arrêté peu de temps après notre mariage.

Mon père a l'air triste, tout à coup. C'est vraiment dur de parler de tout ça avec lui, mais je me force à continuer parce que je veux savoir. Je veux comprendre.

— Pourquoi a-t-elle arrêté ?

— Parce qu'elle n'en avait plus envie. Elle trouvait que ça ne servait à rien.

La question que je m'apprête à lui poser me met mal à l'aise. Je n'arrive même pas à le regarder dans les yeux.

— Le jour où je t'ai ramené au centre, tu m'as dit que maman n'avait pas toujours été comme ça. Que vous aviez vécu des beaux moments, tous les deux. Est-ce que c'est vrai ?

Quand je relève la tête, il me regarde comme une personne, pas comme la fille qui lui rappelle la femme qu'il aimait. Son regard sur moi a changé.

— Rien n'a jamais été rose avec ta mère. Au début, les bons moments surpassaient les mauvais mais, au fil du temps, la tendance s'est inversée…

— Est-ce qu'elle a été heureuse ?

Il réfléchit un moment avant de répondre :

— Parfois, oui. Enfin, je pense. C'était dur de savoir.

— C'est-à-dire ?

Au fond, je connais la réponse. Parce que j'ai le même problème. Mon père me sourit. Un sourire triste.

— Ta mère était comme ça, Ella. Mais j'ai vraiment envie de croire qu'elle a été heureuse, même si elle ne le montrait pas.

— Pourquoi es-tu resté avec elle ?

Ses yeux s'emplissent de larmes. Je suis allée trop loin.

— Pardon, papa. Tu n'es pas obligé de répondre.

— Si, Ella. Tu as le droit de me demander ce que tu veux. Je… J'aimais ta mère parce qu'elle était imprévisible et passionnée. Du moins, au début.

Perdu dans ses souvenirs, il a presque l'air heureux. Puis il cligne des yeux et la tristesse retombe comme un voile sur son visage.

— Je pense qu'elle était heureuse de vous avoir, toi et Dean.

— Merci, papa.

Je sais qu'il le dit uniquement pour me faire plaisir, mais peu importe.

— Ella, ne le prends pas mal mais… je pense que tu devrais attendre un peu avant de te marier.

— Pourquoi ?

— Parce que… tu es jeune. Tu devrais vivre davantage de choses avant de te lancer dans ta vie d'adulte.

Je sens la colère monter en moi. J'ai envie de lui hurler que je suis une adulte depuis que j'ai quatre ans. Que c'est moi qui ai payé ses factures, nettoyé sa cuisine et fait à manger à tout le monde pendant toute mon enfance !

— Je vais y réfléchir, dis-je, même si je ne le pense pas.

Je me lève et referme ma veste, prête à partir.

— Merci de m'avoir parlé de maman.

— Pas de problème, Ella. J'aurais dû le faire il y a bien longtemps.

Je suis d'accord avec lui, mais je n'en rajoute pas pour ne pas gâcher ce que nous venons de vivre.

— Si jamais tu as besoin d'aide pour le mariage… Sache que je suis là.

Je n'en crois pas mes oreilles. Mon père ne m'a jamais aidée pour quoi que ce soit.

— Merci, papa. Je te tiendrai au courant, mais je pense que la mère de Micha va prendre les choses en main.

Il a l'air déçu. Je lui dis au revoir et je ferme la porte derrière moi. Je m'en veux d'avoir refusé son coup de main, mais il n'empêche que la mère de Micha a été bien plus présente dans ma vie que mes propres parents. Au fond, Micha et sa mère sont ma vraie famille.

Une fois dehors, je m'arrête devant le grillage. Micha et moi sommes devenus inséparables dès l'instant où je suis passée par-dessus. Depuis ce jour-là, Micha s'est occupé de moi. Il m'a soutenue. Il m'a montré ce qu'était l'amour. Au fond, j'ai toujours rêvé de faire ma vie avec lui. J'espère que nous serons encore ensemble dans cinquante ans, à boire de la limonade sur un fauteuil à bascule avec un plaid sur les genoux.

Je pense qu'il est temps de tirer un trait sur les fantômes de mon passé et de plonger la tête la première dans cette nouvelle vie qui me tend les bras.

CHAPITRE 14

Micha

— Tu veux vraiment que je le lise ? je demande à Ella, les yeux rivés sur le journal qu'elle vient de poser sur mes genoux.

Elle est en train de fouiller dans son sac, à la recherche d'une robe à se mettre.

— Oui, Micha. Je veux savoir si ma mère est déprimée du début à la fin, ou s'il y a des passages joyeux. Si ce n'est pas le cas, je ne vais pas continuer à le lire. Ça ne sert à rien. Il faut que j'arrête de me torturer avec tout ça.

— Comme tu veux.

— Merci. Et, si jamais tu en as marre, ne te force pas. D'accord ?

Je suis stressé à l'idée de lire quelque chose d'aussi intime, mais je ne peux pas dire non à Ella. Pas après ce qu'elle m'a confié hier. En rentrant de chez son père, elle m'a annoncé qu'elle était enfin prête à tirer un trait sur son passé et à aller de l'avant. Avec moi.

Je m'allonge sur le ventre et je pose le journal devant moi. Ella a choisi une de ses robes les plus sexy. Je la lui arrache des mains avant qu'elle n'ait le temps de la mettre.

— Où est-ce que tu comptes aller, habillée comme ça ?

— Je sors en ville avec Lila. Pourquoi ?

— Parce que cette robe est aussi courte que mes tee-shirts. Je ne veux pas que la ville entière voie ton petit cul.

Elle fait comme si elle n'avait rien entendu, la récupère et l'enfile aussitôt. Cette robe lui va comme un gant, mais elle est tellement courte !

— C'est Lila qui m'a dit de mettre celle-là.

— Pourquoi ?

— Aucune idée. Tu n'as qu'à le lui demander.

— Je ne vais pas me gêner.

Je sors de la chambre à la recherche de Lila. Elle est dans la cuisine avec Ethan. La table est recouverte de papier cadeau, de rouleaux de scotch, de fleurs, de bougies et de rubans rouges et noirs. Lila, Ella et ma mère ont passé l'après-midi à faire du shopping. Elles sont revenues complètement crevées, avec des sacs remplis de cadeaux de Noël et de décorations pour le mariage. Ella n'a jamais été du genre à faire les magasins. Ma mère et Lila ont dû la forcer à acheter tout ça.

Je les rejoins à table et je m'assois à côté de Lila, qui supervise Ethan pendant qu'il noue des rubans. Il n'a pas l'air ravi. Je m'apprête à le charrier, mais il me devance.

— Je t'interdis de te moquer de moi, mec. Je t'ai vu faire un bon tas de conneries pour Ella au fil des années et je ne t'ai jamais rien dit.

Il pose un ruban sur la table et tourne la tête vers Lila.

— Est-ce que je peux faire une pause ? Je ne sens plus le bout de mes doigts.

Lila coupe l'extrémité d'un ruban rouge avec une paire de ciseaux.

— Pas encore, Ethan. Il en reste une bonne centaine à préparer.

Elle porte une robe bleue à paillettes. Pas aussi moulante que celle d'Ella, mais aussi courte… voire plus.

— J'ai une question à te poser, Lila.

— Si c'est pour me demander ce qu'Ella va t'offrir à Noël, tu peux toujours rêver.

— De quoi tu parles ? On ne s'offre jamais de cadeaux.

Sauf l'année dernière, quand je lui ai donné sa bague de fiançailles, mais c'était différent.

— Il faut croire qu'Ella a changé d'avis, me dit-elle en souriant.

Merde. Est-ce que ça veut dire qu'il faut que je lui achète quelque chose moi aussi ?

— Ce n'est pas ça que je voulais te demander. Je veux savoir où tu emmènes Ella ce soir.

— Pourquoi ?

— Parce qu'elle est habillée comme une pute.

— Tu exagères, Micha. Elle est habillée pour *sortir*.

— Je m'en fous. Vous n'avez pas besoin de vous saper comme ça pour aller au restau.

— Tu as un problème avec ma tenue ?

— Je suis d'accord avec lui, nous coupe Ethan. Je n'aime pas cette robe.

Lila le regarde droit dans les yeux.

— Ce n'est pas ce que tu m'as dit l'autre soir.

— Je sais, mais j'étais le seul à la voir.

Lila lui passe un rouleau de ruban en souriant, puis elle se lève et dépose un baiser sur son front.

— Vous et vos crises de jalousie… Bon, je vais voir si Ella est prête. Micha, donne un coup de main à Ethan.

Elle sort de la cuisine et Ethan la mate jusqu'à ce qu'elle disparaisse. Je tourne la tête vers lui.

— Elle est sérieuse ?

— Ouais, mec, répond-il en jetant les ciseaux sur la table. Et n'oublie pas que tout est ta faute.

— Pourquoi ?

— Parce que tu as refusé d'aller te marier à Las Vegas. Ça aurait été beaucoup plus simple.

J'attrape un rouleau de ruban.

— C'est ton genre de mariage, Ethan. Pas le mien.

— Peu importe. Si tu avais accepté, on n'aurait pas passé notre soirée à faire des trucs de gonzesses.

J'éclate de rire.

— Tu m'expliques comment ça marche ?

Il me montre comment nouer le ruban et on passe vingt minutes à travailler sans répit, jusqu'à ce que Lila et Ella nous rejoignent dans la cuisine. Ella s'arrête devant la table et croise les bras, l'air amusé. Elle s'est détaché les cheveux, maquillé les yeux, et elle a les lèvres toutes roses.

— Regardez-moi ça… Nos hommes en pleins travaux manuels !

— Fais gaffe à ce que tu dis, Ella May. Sinon, pas de rubans à ton mariage.

— Ce ne serait pas une grande perte.

Lila lui donne un coup de coude.

— Hé ! Je croyais que tu aimais l'idée des rubans.

— Non, je vous ai juste dit que, de toutes les décorations que vous m'avez montrées, les rubans étaient les moins ridicules.

Lila fronce les sourcils.

— Tu… Tu ne les aimes pas ?

Ella pousse un soupir.

— Si, Lila. Excuse-moi, ce n'est pas sympa de ma part. Tu m'aides beaucoup et je ne te suis même pas reconnaissante…

— Ne me mens pas, Ella. Si ça ne te plaît pas, on peut trouver autre chose.

Ethan éclate de rire.

— À vous entendre, on croirait que c'est vous deux qui vous mariez !

Lila l'embrasse sur la joue.

— Tais-toi, chéri, et retourne à tes rubans.

Elle se dirige vers la porte et Ella la suit. Je l'attrape par le bras pour la retenir.

— Pas de bêtises, d'accord ?

— Est-ce que je suis du genre à faire des bêtises ?

— Je pourrais te faire une liste, mais ça prendrait une bonne partie de la nuit.

Elle me tire la langue et m'embrasse une dernière fois avant de partir.

— Je vais essayer d'être sage.

— Merci. Et ne casse pas ma voiture.

Ella rejoint Lila et enfile sa veste en cuir. Ethan me regarde comme si j'étais devenu fou.

— Tu leur prêtes ta voiture ?

— Oui.

— Ne conduisez pas bourrées ! leur crie-t-il avant qu'elles sortent.

— Promis !

Elles éclatent de rire et ferment la porte derrière elles. La maison est bien silencieuse, tout à coup.

— Tu n'as pas l'impression d'être leur esclave ? me demande Ethan en attrapant les ciseaux.

— Un peu, si.

Je regarde l'amas de rubans et de bougies sur la table. On échange un regard et on se lève en même temps. Ethan attrape sa veste sur le dossier de la chaise.

— Qu'est-ce qu'on fait ? Bar ou fête ?

— On pourrait les suivre, je dis en attrapant ma veste sur le portemanteau.

Je n'aime pas savoir Ella en ville sans moi. Elle a beaucoup d'ennemis à Star Grove. Si jamais elle en croise, ça peut mal se terminer… Surtout si elle boit.

— Bonne idée, mec. Mais on n'a pas de voiture.

— On n'a qu'à y aller à pied.

— OK.

Dehors, les étoiles scintillent dans le ciel et les guirlandes des voisins se reflètent dans les plaques de verglas. On traverse l'allée et on prend à gauche, direction le centre-ville. La neige crisse sous nos pas. J'enfouis mes mains dans mes poches. Il fait beaucoup trop froid pour sortir, mais ce n'est pas la première fois qu'Ethan et moi traînons dehors alors qu'il fait moins de zéro.

— Quand est-ce que tu comptes paniquer, mec ? me demande Ethan en donnant un coup de pied dans la neige.

— À cause de quoi ?

— Du mariage.

— Pourquoi veux-tu que je panique ?

— Parce que tu t'engages à rester avec la même personne toute ta vie. Toutes tes futures décisions ne dépendront plus seulement de toi, mais aussi d'elle. Tu ne pourras plus jamais faire ce que tu veux.

— Et alors ?

— C'est une putain de responsabilité.

— Ella est la femme de ma vie. Je n'ai aucune raison de paniquer.

Il regarde par terre, l'air perplexe.

— Et si Ella ne veut pas que tu partes en tournée ?

— Je te l'ai déjà dit. Si elle ne veut pas, je n'irai pas.

J'ai raconté l'histoire de la tournée à Ethan le lendemain de la fête, pendant qu'on faisait le ménage. J'avais besoin d'en parler à quelqu'un.

— Tu es prêt à te sacrifier pour elle ? À tirer un trait sur ton rêve ?

— Oui.

— Et tu n'as pas peur de regretter ta décision ?

— C'est quoi ton problème, mec ? Je sais que tu n'aimes pas beaucoup Ella, mais ce n'est pas une raison pour me dissuader de l'épouser !

Il s'arrête net et je dérape sur le verglas à côté de lui.

— Je n'essaie pas de te faire changer d'avis, Micha. Je pense juste qu'il faut que tu lui parles de cette foutue tournée, et que vous devriez prendre une décision avant de vous marier. Sinon, tu vas lui passer la bague au doigt sans avoir abordé un sujet qui te tient à cœur.

— C'est vrai, je marmonne en relevant ma capuche. Décidément, tu es toujours fort pour donner des conseils.

Il hausse les épaules en fixant la maison en brique de l'autre côté de la rue, noyée sous des décorations de Noël en tout genre.

— J'ai vu mes parents faire n'importe quoi pendant des années. Je sais ce qui marche et ce qui ne marche pas. Je ne dis pas que j'ai toujours raison. J'essaie juste de t'aider.

— Je vais lui en parler demain.

— C'est toi qui vois.

On reprend notre marche et on traverse la rue.

— Tu sais quoi ? Ce soir, on devrait fêter ton enterrement de vie de garçon.

— Heu… Je pense que tu as oublié à quoi ressemblent les bars à strip-tease du quartier. Tu te rappelles celui où on est allés après la remise des diplômes ? Je ne m'en suis jamais remis.

Il fait une grimace en y repensant.

— J'avais oublié… Bon, ce n'est peut-être pas une bonne idée. Mais rien n'empêche d'aller se bourrer la gueule, comme au bon vieux temps. Qu'est-ce que tu dirais d'une dernière cuite au pub ?

— Ça marche.

On se cogne les poings en riant. Depuis que j'ai déménagé à San Diego, on a rarement l'occasion de passer du temps ensemble. Je souris en repensant au nombre de fois où on est allés au pub, Ethan et moi, et je réalise à quel point on a changé.

C'est triste, mais je suis content qu'on ait quitté cette foutue ville. Au final, seules de rares personnes l'osent, et je suis fier d'en faire partie.

CHAPITRE 15

Ella

— Je n'arrive pas à croire que tu m'aies amenée ici !

Je suis obligée de hurler par-dessus la musique pour que Lila m'entende. Je m'évente d'une main pour lutter contre la chaleur ambiante et l'odeur de transpiration et de bière qui m'emplit les narines.

Lila tourne sur son tabouret.

— On m'a dit que c'était le meilleur endroit où aller pour passer une bonne soirée.

— « Passer une bonne soirée » n'a pas le même sens à Star Grove qu'en Californie, Lila.

Je montre la piste de danse du doigt. Tout le monde porte des jeans troués, des vieilles chemises à carreaux, des tee-shirts et des bottes pourries. Nous ne sommes qu'une poignée à nous être mis sur notre trente et un. La lumière est tamisée, non par souci de style, mais parce que la plupart des ampoules ont grillé. Il y a des guirlandes roses accrochées aux poutres du plafond. Les tables sont petites et rondes et les chaises sont dépareillées. Il y a des coquilles de cacahouètes partout par terre. Quant à la musique, elle s'échappe d'une pauvre chaîne qui grésille. Le seul point positif, c'est que les boissons ne coûtent vraiment pas cher.

— Peu importe, me dit Lila. Je voulais juste faire la fête avec toi une dernière fois avant que tu te maries.

— On n'a pas déjà fait ça à San Diego, la veille du mariage ?

— Le mariage qui n'a pas eu lieu, tu veux dire ?

— Je sais, mais ça compte quand même.

Elle boit une gorgée de margarita sous l'œil insistant du barman, un mec moustachu et à moitié chauve qui nous reluque depuis qu'on est arrivées. Elle pose son verre sur le bar.

— Toutes les occasions sont bonnes pour faire la fête. On ne s'est quasiment pas vues pendant six mois, et ça risque d'être pire une fois que vous serez mariés.

— Je te rappelle que tu sors avec le meilleur ami de Micha. On va se voir plus souvent que tu ne crois.

Elle se recoiffe en fronçant les sourcils.

— Je n'en suis pas si sûre. Tu verras. Vous allez faire votre vie et avoir plein de bébés pendant que je serai en train de moisir à Las Vegas, à chercher désespérément ce que je veux faire de ma vie.

— Je pensais que vous étiez en train d'organiser un road trip avec Ethan ?

Elle détourne le regard et fixe son attention sur la piste.

— C'est prévu, oui.

— Tu n'as pas l'air convaincue. Est-ce qu'il y a un problème entre vous ?

— Non. Disons que je ne suis pas complètement... sereine.

— Pourquoi ?

— Je ne sais pas... soupire-t-elle en croisant les jambes. Tout le monde n'a pas votre chance, Ella. Pour l'instant, tout se passe bien, mais je n'ai pas de bague au doigt.

— Pas *encore*, dis-je en finissant ma vodka. Et mon histoire avec Micha est loin d'être parfaite. Je te rappelle que je viens de lui poser un lapin à notre mariage.

— Tu avais tes raisons. Tu te faisais du souci pour ton avenir, c'est tout.

— Il n'y a pas que mon avenir qui m'inquiète.

— C'est-à-dire ? Est-ce que tu me caches quelque chose ?

Mal à l'aise, j'enroule une mèche de cheveux autour de mon doigt. J'arrive à parler de mes problèmes personnels à Micha parce qu'il est mon meilleur ami, mon fiancé, mon âme sœur... mais peut-être est-il temps que je me confie aussi à Lila. Elle a toujours été de bon conseil, et elle serait peut-être capable de m'aider. Je n'ai pas envie de lui parler de ma mère et du journal, mais il y a autre chose qui me tracasse...

— Je n'arrive pas à écrire mes vœux.

Lila pose ses coudes sur le bar.

— Vous avez décidé d'écrire vos vœux ?

— C'est Micha qui a eu l'idée.

— Ça ne m'étonne pas. Pourquoi tu n'y arrives pas ?

— Parce que je ne suis pas écrivaine. Et parce que... parce que je déteste mettre des mots sur mes émotions. Surtout en public.

— On sait déjà tous à quel point tu aimes Micha, mais je comprends que ça te gêne d'en parler devant les autres. Moi aussi, il m'arrive de cacher ce que je ressens.

— C'est vrai ? On ne dirait pas.

Elle mitraille du regard un mec à queue-de-cheval qui n'arrête pas de lui faire de l'œil à l'autre bout du bar.

— Je ne cache pas vraiment mes émotions mais... je fais semblant de ressentir autre chose. Tu vois ce que je veux dire ? Je sais que c'est mauvais. J'essaie d'arrêter. Pour ce qui est de tes vœux, prends un papier et un crayon, et lance-toi. Je suis sûre que le résultat sera top.

Je me creuse la tête pour trouver une autre solution à mon problème quand la musique change.

— J'adore cette chanson ! s'écrie Lila. Allez, un shot de plus et on va danser.

— OK, mais seulement s'ils ont du Jäger[1].

— Je ne sais pas comment tu fais pour boire ce truc. Pour moi, ce sera une tequila.

Elle passe la commande et on descend nos verres avant de rejoindre la piste. On danse et on boit toute la soirée, jusqu'à ce que la chaleur et l'épuisement aient raison de nous. Je me sens bien, et pas seulement à cause de l'alcool. Ce soir, je me suis vraiment amusée.

Prêtes à rentrer à la maison, nous nous frayons un chemin à travers la foule pour récupérer nos vestes sur les tabourets. Nous les enfilons avant de sortir dans le froid.

— La première à la voiture ? me défie Lila.

1. Jägermeister : liqueur d'origine allemande à 35 degrés faite à partir de 56 plantes médicinales, fruits et épices.

Je la suis en courant et en riant, en prenant garde à ne pas glisser sur les plaques de verglas. Lila s'arrête à quelques mètres de la Chevelle de Micha, que j'ai garée sous un lampadaire.

— Est-ce qu'on ne ferait pas mieux d'appeler les mecs ? hésite-t-elle. On leur a promis de ne pas conduire bourrées.

Elle n'a peut-être pas tort. Je ne suis pas en état de conduire. Tout tourne autour de moi et j'ai du mal à tenir debout.

— Bonne idée. Retournons au chaud.

Je fais demi-tour quand une Camaro bleue se gare entre nous et l'entrée du bar, nous bloquant le passage.

— Il ne manquait plus que ça.

— C'est qui ? me demande Lila.

Mikey baisse la vitre et crache un nuage de fumée. La dernière fois que je l'ai vu, j'étais avec Ethan et je lui ai jeté un milk-shake sur les genoux. Le connaissant, il doit rêver de prendre sa revanche.

— Regardez-moi qui est là ! lance-t-il en souriant. La rebelle de la ville !

Il ouvre sa portière et sort de la voiture. Il a le nez crochu – sûrement la conséquence d'une bagarre –, des cheveux noirs qui se confondent avec la nuit et un tatouage en forme de barbelé autour du cou. Du haut de mes talons, je suis aussi grande que lui. Par contre, je n'ai pas son gabarit.

— Cet enfoiré d'Ethan n'est pas avec toi ? me demande-t-il. Parce que je rêve de lui mettre mon poing sur la gueule.

— Quoi ? s'écrie Lila.

Je jette un regard par-dessus mon épaule pour la faire taire. Mikey s'arrête devant moi, la tête tournée vers elle.

— Tu es sa meuf ?

— La *meuf* de qui ? lui dit Lila, faisant semblant de ne pas comprendre.

— Tu sais comment ça se passe, Ella. Tu sais qu'ici quelqu'un qui ose me jeter un milk-shake à la gueule n'a aucune chance de s'en sortir.

Je croise les bras devant moi.

— Et moi je sais qu'ici personne ne te respecte.

Mon sens de la répartie n'a pas l'air de lui plaire. Je commence à me faire du souci. Avant, Mikey avait une grande gueule mais nous ne prenions jamais ses menaces au sérieux. Aujourd'hui, il est différent. Plus en colère. Plus dur. Il a les yeux rouges et je me demande s'il ne s'est pas mis à toucher à la drogue. Ça ne m'étonnerait qu'à moitié.

— Attention à ce que tu dis, Daniels.

Je n'aime pas la façon dont il me regarde. Comme une *fille*. Pas comme avant, quand je traînais avec les mecs. Je regrette d'avoir mis cette foutue robe.

Lila m'attrape par le bras, les mains tremblantes.

— Il faut qu'on appelle Micha et Ethan.

— Non. Je ne veux pas que ça se termine en bagarre. Ne t'en fais pas, d'accord ? Va dans la voiture et attends-moi. Je m'en charge.

Elle m'obéit et je défie Mikey du regard, même si je suis loin d'être rassurée.

— Tu crois que tu me fais peur, Daniels ? Il n'y a personne pour te protéger, ce soir.

Je pourrais partir en courant, mais il finirait par me rattraper. J'avance d'un pas pour lui tenir tête.

— Je m'en fous. Tu sais pourquoi ? Parce que tu n'as que de la gueule.

Mikey tourne la tête vers la Camaro, dans laquelle est assis un ami à lui. Ce dernier sort de la voiture, les yeux rivés sur moi. Il est grand et baraqué, avec les cheveux rasés et des bras de la taille de mes cuisses. Je calcule combien de temps il me faudrait pour courir – en talons et bourrée – jusqu'à la voiture... et je décide de ravaler ma fierté. Je recule d'un pas pour mettre de la distance entre nous.

— Je me rends, OK ? Tu as gagné, Mikey.

— Non. Tu m'as manqué de respect et tu as foutu en l'air mon siège en cuir. Tu ne vas pas t'en sortir comme ça. Tu pourrais me donner du fric pour te faire pardonner, mais je pense que j'ai une bien meilleure idée...

Il me reluque de la tête aux pieds. Je ne peux pas m'en empêcher : j'éclate de rire. Ce n'est pas un bon calcul, mais j'ai trop bu et je n'ai pas toute ma tête. Le pote de Mikey veut se jeter sur moi, mais il dérape sur le verglas et tombe sur le dos. Mikey est rouge de colère. Il m'attrape par le bras. Ses doigts s'enfoncent dans ma peau.

— Lâche-moi !

Je lui donne un coup de genou dans l'entrejambe. Il me relâche et met les mains sur son sexe, le visage déformé par la douleur. Je m'apprête à partir en courant quand il lève le bras... et me gifle.

J'ai les oreilles qui sifflent. Je pose une main sur ma joue en clignant des yeux. N'importe quelle fille se serait mise à pleurer, mais la douleur ne fait qu'accentuer ma rage. L'autre mec s'est relevé et Mikey est prêt à me frapper encore. Je le prends par surprise et lui donne un coup de poing en pleine figure. Ce n'est pas la première fois que je frappe quelqu'un, mais l'impact me fait tellement mal que j'en hurle. Mikey crie de douleur, lui aussi, les mains posées sur sa mâchoire.

Un groupe de gens sort du bar. Des témoins potentiels. L'un d'eux nous regarde avec curiosité en allumant une cigarette et je saute sur l'opportunité : je cours jusqu'à la Chevelle et je monte côté conducteur. Lila a les larmes aux yeux.

— Ella ! C'était…

— Verrouille ta portière.

Elle obéit et je fais pareil de mon côté. Mikey se dirige vers un des mecs qui vient de sortir et lui serre la main. Son ami ne me quitte pas du regard, les bras croisés. J'attrape mon portable dans ma poche. J'hésite. Si j'appelle Micha et que Mikey est toujours là quand il arrive, la soirée risque de mal tourner.

— Je les ai déjà appelés, me prévient Lila. Ils étaient au pub, à quelques rues de là. Ils ne vont pas tarder à arriver.

— Tu n'aurais pas dû.

Je regarde mon reflet dans le rétroviseur. Ma joue est rouge et enflée. Lila ne peut pas s'empêcher de faire la grimace.

— Génial… À cause de ce débile, tu vas avoir la joue rouge sur toutes tes photos de mariage !

— Quelles photos ?

— Celles que Caroline va prendre.

Elle pose une main sur sa bouche, comprenant qu'elle vient de gaffer.

— Pardon ! Je n'étais pas censée te le dire.

— Qui les a invités ?

— La mère de Micha. Elle pense que c'est important que ton frère soit présent à ton mariage.

Super. Mon petit mariage discret est en train de se transformer en une fête géante. Je m'enfonce dans mon siège sans quitter Mikey des yeux. Il papote encore avec l'autre mec.

— J'avais oublié à quel point cette ville était violente. Tout est toujours question de vie ou de mort.

— On pourrait appeler Micha et Ethan pour qu'ils nous rejoignent ailleurs, suggère Lila. Je peux prendre ta place, si tu veux. J'ai l'esprit assez clair pour conduire.

— Non, Mikey va nous suivre. Il vaut mieux rester là.

— C'est quoi, son problème ?

— Les gens sont comme ça, par ici.

J'hésite à démarrer pour allumer le chauffage. Il fait un froid de canard. Si j'étais en état, je foncerais pour semer Mikey mais, avec la dose d'alcool que j'ai dans le sang, on risque de finir dans un fossé ou un arbre. Je ne veux pas prendre de risques avec Lila dans la voiture. Et puis, je n'ai pas envie de mourir, moi non plus. Il y a quelques années, je l'aurais fait sans même y réfléchir, mais j'ai changé. J'ai un avenir, désormais. Un bel avenir qui m'attend.

Devant le bar, les filles du groupe se dirigent vers un quatre-quatre en faisant tourner une cigarette. Les mecs les suivent après avoir dit au revoir à Mikey et à son pote, sauf un qui reste avec eux, puis ils montent tous les trois dans la Camaro.

— Qu'est-ce qu'ils font ? me demande Lila.

Elle se penche en avant et plisse les yeux pour essayer de voir ce qui se passe. Mikey remonte sa vitre et éteint ses phares.

— Ils dealent.

Lila fronce les sourcils et se renfonce dans son siège... quand quelqu'un frappe à la vitre. Je bondis de surprise, mais souris quand je réalise qu'il s'agit de Micha. Il a sa capuche sur la tête et le visage tout détendu, comme quand il a beaucoup bu. Ethan fait le tour de la voiture pour aller du côté de Lila.

— Je vais leur dire que c'est une fille qui m'a frappée. D'accord ?

Lila fait oui de la tête avant d'ouvrir sa portière. J'ouvre la mienne et Micha se penche pour se mettre à mon niveau. Des mèches de cheveux blonds lui tombent devant les yeux et il doit sentir l'alcool à dix mètres. Il me dévisage et s'attarde sur ma joue, qui a doublé de volume.

— Qu'est-ce qui s'est passé ? Lila m'a dit que vous aviez besoin d'aide.

— Je suis tombée sur une fille avec qui je me suis battue au lycée. Elle était bourrée et elle voulait se venger. Lila a paniqué et vous a appelés. Je lui ai dit que ça n'en valait pas la peine. Que je pouvais me débrouiller toute seule.

— Hé ! s'écrie Lila en me donnant un coup de coude. Tu ne t'en es pas tirée si facilement que ça.

Je jette un œil vers la Camaro de Mikey, toujours garée devant l'entrée du bar.

— Bon, on rentre à la maison ?

— On n'est pas en état de conduire, soupire Micha. Vous avez déjà de la chance qu'on ait réussi à marcher jusqu'ici.

Il s'en veut, je le vois bien. Je ne l'ai pas vu bourré depuis très longtemps. Il a arrêté quand je lui ai reproché de trop boire.

— Ne t'inquiète pas, jolie fille. Je ne vais pas te dire de méchancetés. Je t'ai promis de ne plus jamais te faire de mal. Au contraire, je veux te faire du bien...

Il pose une main sur ma cuisse en fixant mon décolleté. Lila et Ethan rient de leur côté. Je ne tourne pas la tête, craignant de les surprendre en train de faire la même chose.

— Je pense quand même qu'on devrait rentrer, dis-je, pressée de mettre de la distance entre nous et Mikey.

— Est-ce que quelqu'un se sent capable de conduire ? demande Micha.

— Sûrement pas moi, répond Ethan.

Lila éclate de rire. Je cligne des yeux, espérant que le monde arrêtera de tourner si je me concentre un peu. Je commence à avoir une migraine.

— On pourrait appeler ta mère.

— Non. Rentrons à pied. C'est plus drôle.

— On voit que tu ne portes pas de talons.

Il me tire par le bras et je sors de la voiture en titubant. Je m'agrippe à lui pour ne pas glisser sur le verglas. Il pose ses mains sur mes fesses.

— Tu es tellement sexy, Ella…

À ce rythme-là, ce n'est pas à une bagarre qu'il va falloir survivre, c'est à un film érotique.

— J'ai envie de frotter mes mains contre toi, grogne-t-il en approchant sa bouche de la mienne.

J'éclate de rire et le repousse d'une main tout en essayant de garder l'équilibre.

— Tu sais quoi, Micha ? Appelle ta mère pour qu'elle vienne nous chercher, et je te laisserai frotter tes mains où tu veux et aussi longtemps que tu le voudras.

— Promis ?

— Promis. Et demande-lui de venir avec Thomas. On ne peut pas laisser ta voiture ici.

Il sort son portable et appelle sa mère. Je garde un œil sur la voiture de Mikey, espérant de tout mon cœur qu'il reste dedans jusqu'à notre départ. Si jamais il en sort et que Micha apprend la vérité, la soirée va finir dans un bain de sang. Micha n'est pas particulièrement violent, sauf quand il s'agit de me protéger. Il paraît qu'il a cassé la gueule à Grantford Davis après qu'il m'eut conduit jusqu'au pont, le soir où j'ai failli sauter.

— Ma mère arrive dans cinq minutes, nous informe Micha en glissant son portable dans la poche de son jean. Maintenant, à nous deux.

Il me prend dans ses bras, s'assoit côté conducteur et fait en sorte que je me retrouve sur lui. Il ferme la portière et passe ses mains sur mes jambes. J'en oublie presque qu'il fait froid.

Les minutes défilent, dans un tourbillon de baisers passionnés et de caresses envoûtantes. Ethan et Lila se pelotent aussi côté passager, mais tout le monde est trop bourré pour être gêné. Quand la mère de Micha et Thomas garent leur vieux pick-up à côté de la Chevelle, le spectacle doit les surprendre.

Elle sort de la voiture, frappe à la vitre et nous dit de descendre. Elle a le sourire jusqu'aux oreilles. Heureusement, tout le monde a gardé ses vêtements.

Nous nous installons tous les quatre à l'arrière Lila s'assoit sur Ethan. Ses genoux appuient contre les miens et je suis obligée de me mettre en boule contre Micha pour ne pas me faire écraser.

— Il y a une place à l'avant, nous rappelle la mère de Micha en montrant le siège vide du doigt.

— Ça ira, répondons-nous à l'unisson.

Elle pousse un soupir attendri avant de suivre Thomas, au volant de son pick-up. Nous nous éloignons peu à peu du parking, laissant Mikey et une partie de notre passé derrière nous.

CHAPITRE 16

Micha

Je m'en veux d'avoir trop bu. Je me suis tellement éclaté avec Ethan que je me suis un peu… emporté. Il faut que je fasse gaffe à ce que je dis à Ella mais, franchement, j'ai plus envie de lui arracher ses fringues et de lui faire l'amour qu'autre chose.

Ma mère nous ramène à la maison et j'ai l'impression d'être retombé en adolescence. Je ne peux pas me retenir de toucher Ella. Je lui fais un suçon dans le cou et je remonte les mains le long de ses cuisses, sous sa robe. Elle appuie le visage contre mon cou pour ne pas faire de bruit. Elle sent la vodka et la vanille.

En longeant le parc, on passe à côté d'un groupe de chanteurs emmitouflés dans leurs manteaux, en train de beugler des chants de Noël.

— Arrête-toi ! je hurle à ma mère. Arrête la voiture !

Elle sursaute et appuie sur le frein.

— Tu m'as fait peur ! Qu'est-ce qu'il y a ?

— On devrait leur jeter des boules de neige, comme

on faisait quand on était petits. C'est la tradition. Pas vrai, Ella ?

— Micha Scott ! s'écrie ma mère. Ce n'est plus de votre âge !

Ella éclate de rire.

— J'avais oublié tout ça. Tu te souviens de la fois où on a visé un mec au visage et où il nous a couru après dans tout le quartier ?

Ma mère passe la première et s'éloigne du parc en soupirant.

— Vous et vos idées saugrenues !

Je suis déçu qu'elle ne nous ait pas laissés descendre, mais je me console en embrassant Ella jusqu'à ce qu'on arrive.

— Est-ce que vous voulez manger quelque chose ? nous demande ma mère en sortant de la voiture.

— Ça va aller, m'man. Merci d'être venue nous chercher.

Je fonce vers la maison avec Ella au bras, sans prendre la peine d'attendre Lila et Ethan. Une fois dans la chambre, je ferme la porte derrière nous, j'allume la lampe de chevet et je me jette sur elle pour lui enlever sa veste.

— Je sens que je ne vais pas beaucoup dormir, me dit-elle en riant.

Je passe une main sur sa joue. Elle a l'air encore plus rouge et enflée à la lumière.

— Dis donc, cette fille ne t'a pas ratée.

Elle hausse les épaules.

— Peu importe. Je lui ai rendu la pareille.

Elle m'attrape par l'encolure de mon tee-shirt pour m'embrasser. Je plonge ma langue dans sa bouche et je passe les doigts dans ses cheveux, sur son corps, sous sa robe et dans sa culotte. Je les enfonce en elle mais je n'y reste que quelques secondes, incapable de me contenir plus longtemps. Je jette sa robe par terre. Ella enlève mon tee-shirt et mon jean. Elle n'utilise que la main gauche, et je me demande si elle s'est fait mal à la droite en frappant la fille.

Ella dégrafe son soutien-gorge, puis je l'attrape fermement et je la plaque contre le mur. Je me cogne le genou contre la table de chevet et la lampe s'écrase par terre. La pièce est plongée dans le noir, éclairée seulement par les guirlandes de la maison d'en face.

Je lui caresse les cuisses et j'explore les moindres recoins de sa bouche avec ma langue. Ella aspire mon piercing et passe sa langue dessus. Elle relâche ma lèvre et je gémis de plaisir, en déposant des baisers le long de son cou et de sa mâchoire. J'enlève mon caleçon, puis sa culotte, et je me penche vers elle pour l'embrasser quand des voix se font entendre dans le couloir. Thomas dit quelque chose à ma mère et elle éclate de rire.

On s'arrête net, hors d'haleine.

— On devrait se calmer, Micha. Ils vont nous entendre.

— Non, ne t'en fais pas.

Je vais chercher mon iPod et je le branche sur ma chaîne. Je monte le volume, assez fort pour couvrir nos ébats mais pas assez pour empêcher ma mère et Thomas de dormir.

On reprend là où on s'est arrêtés. Ella me caresse le dos puis emmêle ses doigts dans mes cheveux. Je la soulève, j'écarte ses jambes et je m'enfonce en elle. On gémit et on se perd ensemble, comme si on était seuls au monde.

Je repense au Micha d'il y a quelques années, celui qui sortait au pub et qui ramenait n'importe qui dans son lit. Peu importe le nombre de filles que j'ai vues défiler, elles n'arrivaient pas à la cheville d'Ella. Il n'y avait pas de passion, pas de chaleur. Aujourd'hui, il y a tout.

Après lui avoir fait l'amour, je repose Ella par terre. Elle ne tient plus debout. Je la prends dans mes bras pour la porter jusqu'au lit. On se blottit sous la couette et elle pose la tête sur mon torse, dessinant des formes sur ma peau.

— Je t'aime, Micha.

Je ferme les yeux et la serre fort contre moi.

— Je t'aime aussi, Ella.

On s'endort l'un contre l'autre dans mon lit d'adolescent, comme au bon vieux temps.

La première fois qu'on a dormi ensemble, on avait treize ans. Ella avait passé la soirée chez moi et elle ne voulait pas rentrer chez elle. Je lui ai proposé de dormir dans mon lit. Ma mère travaillait de nuit. Elle n'en saurait rien.

Après ça, c'est vite devenu une habitude : chez elle, chez moi, chez les autres après les fêtes, et même dans ma voiture… mon endroit préféré. Beaucoup de choses ont eu lieu dans la Chevelle. On s'y est embrassés. On y a passé des heures à refaire le monde.

Je m'endors en repensant à cette nuit où je lui ai volé notre premier baiser et où on a fini par s'endormir ensemble côté conducteur.

Une soirée qui a mal commencé mais qui, au final, est l'une des plus belles de ma vie.

CHAPITRE 17

Deux ans et demi plus tôt

Micha

La course est sur le point de commencer et je suis stressé, même avec Ella à côté de moi. Je n'en peux plus de lui cacher ce que je ressens, mais je ne peux pas le lui avouer non plus. Je la connais trop bien. Je sais qu'elle va mal réagir.

Du coup, je passe mon temps à espérer que ce soit elle qui fera le premier pas. Ce qui est certain, c'est que ce ne sera pas ce soir. Ella a passé une sale journée et elle est de mauvaise humeur. J'espère au moins que, après la course, on ira dans notre cachette près du lac et qu'on écoutera de la musique, assis sur le capot de ma voiture…

Pour l'instant, il faut que je me concentre sur la course. Il faut que j'assure, que je gagne et que je fasse en sorte qu'Ella s'amuse.

— Prête ? je lui demande en faisant ronfler le moteur.

Elle a la tête collée à la vitre et le regard dans le vide. J'aimerais qu'elle me dise ce qui la tracasse.

— Prête pour quoi ?
— Pour la course.
— Je suis toujours prête. Tu le sais bien.
— Tu ne veux pas me dire ce qui ne va pas ?

Elle hausse les épaules. Je regarde devant moi, la gorge nouée. La tension dans la voiture est de plus en plus palpable.

— Est-ce que je peux te poser une question, Micha ?
— Bien sûr.

Je m'agrippe au volant, priant pour qu'elle me dise enfin ce que je rêve d'entendre depuis des années. Qu'elle m'aime et qu'elle a envie de moi.

— Combien tu as mis en jeu ? me demande-t-elle en soupirant, comme si elle avait changé d'avis au dernier moment.

J'avance jusqu'à la ligne de départ pour me concentrer sur autre chose, pour ne pas laisser exploser mes émotions au grand jour.

— Cent dollars.
— Contre qui ?
— Danny dans sa Challenger.
— Tu vas gagner. J'en suis sûre.

Elle monte le volume de *The Distance* de Cake, parce qu'elle sait que ça va me calmer.

— Tu me connais trop bien. Merci, jolie fille.

Elle s'enfonce dans son siège.

— De rien.

Je passe en première. Danny vient de nous rejoindre avec sa Challenger et il fait ronfler le moteur pour me provoquer. Sa copine se plante entre les deux voitures.

C'est la règle : c'est à la petite amie de celui qui a proposé la course de donner le départ. Quand c'est moi, je choisis une fille au hasard dans la foule, parce que je n'ai jamais eu de vraie petite amie. Je n'en ai jamais eu envie. J'ai déjà demandé à Ella de le faire, mais elle refuse chaque fois. Elle trouve que c'est une règle sexiste. Moi, je pense que c'est parce qu'elle craint que les gens se disent qu'on est ensemble.

— Préviens-moi si jamais tu as peur, d'accord ?

— La vitesse ne m'a jamais fait peur, Micha.

Quelques secondes plus tard, la copine de Danny baisse les bras et on fonce, noyant le public sous un nuage de poussière. Ella est dans son élément. Plus on passe de temps dans la voiture, plus elle est à l'aise. Elle pose sa tête contre le dossier et ferme les yeux. Elle est tellement belle que j'en oublie presque que je suis en train de conduire.

Je tourne la tête et me reconcentre sur la course. Il était temps. Danny s'est arrêté net devant moi, en plein milieu de la route. Il a dû tomber en panne. Je suis sur le point de le percuter.

— Merde !

Je rétrograde et les pneus crissent. Ce n'est pas la première fois que je fais face à ce genre de situation, mais c'est pour Ella que je m'inquiète. Je ne veux pas lui faire de mal.

Je donne un coup de volant à droite et on évite la Challenger de justesse. Pas le temps de s'en réjouir : le bout de la piste est déjà là. Je freine et fais demi-tour, prêt à foncer jusqu'à la ligne d'arrivée et à fêter ma victoire.

— Plus vite ? je demande à Ella.

— Oui !

Elle s'agrippe à la poignée. J'appuie sur la pédale, amusé mais pas vraiment surpris par sa réponse. À mon approche, les spectateurs reculent. Je passe la ligne d'arrivée sans encombre. Ella est tellement heureuse que toute la tension s'envole. Elle éclate de rire. Le plus beau son que j'aie jamais entendu.

— J'ai vraiment cru qu'on allait se le prendre, je lui dis en soupirant.

— Pas moi. Je savais que tu t'en sortirais.

— Qu'*on* s'en sortirait.

Je suis super-excité d'avoir gagné et de voir Ella sourire. Sans réfléchir, je me penche vers elle et je la prends dans mes bras. J'ai peur qu'elle me repousse – Ella n'aime pas qu'on la touche – mais, pour une fois, elle se laisse faire. Je ne peux m'empêcher d'aspirer une bouffée de son odeur. J'ai envie de l'embrasser, de la toucher, de la sentir contre moi... Avant même de réaliser ce que je suis en train de faire, je pose ma bouche sur la sienne.

Ella se crispe... et je panique. Je n'attends même pas de savoir ce qu'elle en pense. J'éloigne mon visage du sien et je sors de la voiture. J'ai tout foutu en l'air. Ella va m'en vouloir à vie, et je viens de gâcher le moment que j'attendais depuis si longtemps.

Je vais récupérer mes cent dollars et j'essaie de me changer les idées en discutant bagnoles avec Danny. J'ai du mal à rester concentré. Je sens encore la chaleur d'Ella sur mes lèvres. Une certaine Trixie me rejoint et me propose de me suivre dans ma voiture. Moi, je ne pense qu'à Ella et au savon qu'elle va me passer. Je décline l'invitation.

Ella se décide enfin à sortir de la Chevelle. Elle rejoint Ethan, Renee et Kelly, qui sont en train de descendre une bouteille de vodka à eux trois. Je dis au revoir à Danny pour les rejoindre.

Ella a les mains sur les hanches et défie Ethan du regard. Ces deux-là passent leur temps à se chamailler.

— Arrête de me chercher, Ethan.

— C'est toi qui es de mauvais poil. Comme d'habitude.

Je les interromps en donnant un coup de coude à Ella, comme si tout était normal et que le baiser n'avait jamais eu lieu.

— On y va ?

— Si tu veux.

Elle retourne à la Chevelle, que j'ai garée sous un arbre. Ella porte un short en jean très court et j'ai du mal à ne pas mater ses fesses. Je ne détourne le regard qu'une fois qu'elle est montée dans la voiture.

— Qu'est-ce que tu lui as fait ? me demande Ethan en attrapant la bouteille que lui tend Renee. Elle est encore plus chiante que d'habitude.

— J'ai merdé, mec.

Je ne m'étale pas sur le sujet et je rejoins Ella.

— Je te ramène chez toi ?

— On ne va pas au lac ?

Je n'en crois pas mes oreilles. J'avais tiré un trait sur le lac… Je pensais qu'elle serait trop en colère. Je desserre le frein à main et j'allume les phares.

— Tu veux toujours y aller ?

— Oui. Enfin… si tu en as envie. Je te rappelle que c'est toi qui ne voulais pas que je passe la soirée à me morfondre dans ma chambre.

— Je sais, mais tu as le droit de changer d'avis.

— Emmène-moi au lac, Micha.

Elle tourne la tête vers la vitre et croise les bras sur sa poitrine. Elle porte le même débardeur que quand je suis allé la chercher chez elle, sauf qu'elle a mis un soutien-gorge entre-temps et que je ne vois plus ses tétons à travers. Ce qui est certain, c'est qu'elle est angoissée, et je ne pense pas que ce soit seulement à cause de notre baiser. Il y a quelque chose qui ne va pas.

Je roule en direction de notre cachette au bord du lac. Le temps d'arriver, il est minuit passé. Ella s'est endormie. Je me gare face à l'eau, je coupe le moteur mais je laisse les phares allumés.

Ella cligne des yeux. Elle se redresse dans son siège sans dire un mot, tend la main vers le volant et tourne la clé pour allumer l'autoradio. Elle attrape mon iPod et met un album de Spill Canvas avant de sortir de la voiture. Elle marche jusqu'au lac et lève la tête pour regarder les étoiles. Ses longs cheveux dansent dans le vent.

Je la rejoins dehors. La lune se reflète dans ses grands yeux et elle se mord la lèvre, refusant de me regarder en face. J'hésite à m'excuser pour le baiser, bien que je ne le regrette qu'à moitié.

C'est elle qui finit par briser le silence :

— Ma mère a encore fait une crise, aujourd'hui. Elle cherchait une photo de nous à la plage… sauf qu'on n'est jamais allés à la plage. J'ai passé la moitié de la journée à faire semblant de chercher cette fichue photo, en sachant très bien qu'elle n'existait pas. J'ai fini par lui mentir et lui dire qu'on avait dû la perdre. Elle m'a crue et elle est allée se coucher. Je suis la pire fille qu'une mère ait jamais eue…

— Non, Ella. Au contraire.

— J'en ai tellement marre… Parfois, j'aimerais que ça s'arrête.

J'essaie de trouver les mots pour la réconforter, mais rien ne vient. Je retourne à la voiture, j'ouvre la portière et je change d'album. Je choisis une chanson un peu plus douce – *Girl from the North Country* de Bob Dylan et Johnny Cash – et je monte le volume.

Ella jette un œil par-dessus son épaule. Je lui tends la main pour l'inviter à danser, comme on l'a déjà fait des dizaines de fois. Elle franchit quelques pas et s'arrête à un mètre de moi, le visage impassible.

— Tu as des goûts ringards, Micha.

— Hé ! Cash et Dylan ne sont pas ringards !

Un sourire se dessine sur ses lèvres.

— Un vieil homme sommeille en toi, Micha Scott.

— Ce qui fait de toi une vieille dame, Ella May.

Je la prends par la main et je la fais tourner sur elle-même, comme quand on était petits et qu'on tournait pendant des heures dans mon jardin.

— Arrête, Micha ! J'ai envie de vomir !

Elle s'agrippe à mes épaules pour garder l'équilibre. J'enroule mes bras autour de sa taille et on se met à danser, mes mains dans le creux de son dos et sa tête contre mon torse. Ses cheveux sentent bon la vanille.

— Tu es trop gentil avec moi, Micha. Tu me gâtes trop.

— Parce que tu le mérites.

À part moi, personne n'a jamais pris soin d'Ella. Personne ne lui a jamais offert de cadeaux d'anniversaire, personne ne l'a jamais emmenée en vacances, et je pense que ni son père ni sa mère ne lui ont dit qu'ils l'aimaient. Cette mission est devenue la mienne dès l'instant où elle est passée par-dessus notre grillage.

— Ça va mieux ? je lui demande.

— Oui, mais… la prochaine fois que tu m'embrasses sans me demander la permission, je te mets mon poing dans la gueule. OK ?

J'éclate de rire.

— OK, Ella.

— Je suis sérieuse !

— Je sais.

On danse sur cinq chansons de plus. Ella s'endort peu à peu dans mes bras.

— Je vais te ramener à la maison.

— Non. Je ne veux pas rentrer chez moi.

— Où est-ce que tu voudrais aller ?

— On ne peut pas rester ici ? me dit-elle en bâillant.

Je la soulève et je la porte jusqu'à la voiture. Elle se laisse faire, trop fatiguée pour se débattre. J'ouvre la portière côté conducteur et je m'assois sur mon siège, avec Ella sur moi.

— Est-ce que tu veux dormir à l'arrière ? je lui demande en fermant la portière.

— Non. Je suis bien dans tes bras.

Ce n'est pas la position la plus confortable qui existe, mais je m'en fiche. Ella est avec moi. C'est le principal. Je baisse mon siège pour m'allonger et nos jambes s'emmêlent. On s'endort paisiblement, l'un contre l'autre, bercés par la musique.

CHAPITRE 18

Aujourd'hui

Ella

Le lendemain matin, je me réveille avec une migraine carabinée et la joue en feu. Micha est assis à côté de moi, torse nu et en caleçon, le dos contre le mur. Il est en train de lire le journal.

— Tu as trouvé quelque chose d'intéressant ? dis-je en remontant la couverture sur ma poitrine.

Il hausse les épaules. Il n'est visiblement pas tombé sur un passage plus joyeux que les autres. Il glisse la photo de ma mère dans le journal en guise de marque-page, le pose sur la table de chevet et passe une main sur ma joue enflée.

— Il aurait fallu mettre de la glace dessus. Tu dois avoir mal.

— J'avoue que ça pique un peu.

— Est-ce que tu vas m'avouer ce qui s'est vraiment passé ? Je sais quand tu racontes des bobards, Ella May. Je l'ai su dès que tu as ouvert la bouche hier soir.

— Pourquoi tu ne me l'as pas dit ?

— Parce que j'avais autre chose en tête… si tu vois ce que je veux dire.

Je souris en y repensant.

— J'ai des courbatures à cause de toi ! dis-je en me massant les cuisses.

— Et j'en suis fier, blague-t-il en s'allongeant sur le côté.

— Bon, je veux bien te raconter la vérité, mais tu dois me jurer de rester calme et de ne pas chercher à te venger.

— Je ne peux pas te promettre une chose pareille.

— Alors, tant pis pour toi. Je ne te dirai rien.

— S'il te plaît, Ella…

— Non. Je ne veux pas d'un mari en prison.

Il a le sourire jusqu'aux oreilles.

— OK. Je te promets de rester calme et de ne pas me venger, à condition que tu continues à m'appeler ton *mari* plus souvent. J'adore.

— Entendu.

Je respire un grand coup, puis je lui déballe toute l'histoire avec Mikey. Il me laisse terminer, les poings serrés.

— Est-ce que je peux au moins demander à Ethan de lui casser la gueule ?

— Non.

— J'ai envie de le détruire !

— Je sais.

— C'est injuste.

— C'est pour le mieux. Et puis, n'oublie pas que je lui ai fait mal, moi aussi. Je ne me suis pas laissé faire.

— Est-ce que je peux au moins foutre en l'air sa voiture ?

— Il saura que c'est toi. Ou il pensera que c'est moi.

— S'il te plaît, Ella…

Je soupire en réfléchissant à sa proposition.

— Bon, OK. On ira chez lui un soir pour crever ses pneus.

— C'est tout ? Je n'ai pas le droit d'éclater ses vitres ?

— Seulement les pneus, Micha.

— D'accord, mais c'est bien parce que c'est toi.

— Merci.

Je l'embrasse et, malgré sa colère, il répond à mon baiser. Il s'allonge sur moi et caresse ma joue brûlante.

— Lila m'a dit que tu m'avais acheté un cadeau de Noël.

— Oui, c'est elle qui m'a forcée. Ne te sens pas obligé de m'offrir quelque chose en retour. Je sais qu'on ne s'offre jamais rien à Noël.

— Et si j'en ai envie ?

— Je ne vais pas t'en empêcher. Sache juste que mon cadeau n'a rien de fabuleux.

Pendant que nous cherchions des décorations pour le mariage, je suis tombée sur des bracelets d'amitié comme ceux que Micha et moi portions quand nous étions petits, après nous être promis de rester amis pour la vie. Ils se sont usés au fil des années, et nous avons fini par les jeter ou les perdre. Quand j'ai raconté ça à Lila, elle a insisté pour que je les achète et que je les offre à Micha pour

Noël. Je ne suis pas de celles qui font ce genre de cadeaux, mais elle a réussi à me convaincre.

— Je m'en fiche, reprend Micha. Mon plus beau cadeau, c'est toi.

— Tu es *vraiment* ringard.

— Avoue que tu adores ça.

Il m'écarte les jambes, prêt à repartir pour un tour, quand Lila frappe à la porte.

— Ella ?

— Ignore-la, murmure Micha en mordillant mon oreille.

— Je sais que tu es là, insiste-t-elle. Il faut que tu viennes. Dean et Caroline sont arrivés.

Micha baisse son caleçon et enfonce son sexe en moi. J'essaie de garder une voix à peu près ferme en répondant à mon amie :

— Donne-moi deux secondes, d'accord ?

Elle fait demi-tour dans le couloir et Micha éclate de rire.

— Deux secondes ? C'est un peu court, non ?

Je lui pince les fesses.

— Tu as intérêt à faire vite. Sinon, compte sur moi pour te le faire payer toute la journée.

— Ça marche.

Il me pénètre de plus en plus fort, de plus en plus vite, jusqu'à ce qu'il se perde en moi… et moi en lui.

*

Un quart d'heure plus tard, nous sommes rhabillés et nous nous dirigeons vers la cuisine, épuisés mais satisfaits.

Lila est à table, dans son pyjama à cerises. Ethan est assis à côté d'elle, en train de manger des céréales. Il y a des rubans et des bougies partout.

— Vous en avez mis, du temps ! plaisante Lila en plongeant une cuillerée de sucre dans son café.

Ethan tourne la tête vers nous. Il a les yeux rouges, sûrement à cause de tout ce qu'il a bu hier. Il s'attarde sur ma joue, que le fond de teint n'a pas suffi à rendre présentable.

— Qui est-ce qui t'a fait ça ?

— Mikey.

Micha se dirige vers la cafetière à côté de l'évier. Ethan ne me quitte pas des yeux.

— Est-ce que c'est à cause de…

— À cause du milk-shake que vous lui avez jeté dessus ? le coupe Micha. Oui, c'est ça.

Ethan passe une main dans ses cheveux.

— Ce n'est pas moi qui ai eu l'idée, mec.

— Non, c'est moi. Ethan n'y est pour rien.

— Peu importe, dit Micha. Le mal est fait.

Il s'étire et son tee-shirt remonte un peu, laissant entrevoir ses abdos. Ethan retourne à ses céréales. Je me sers une tasse de café et j'en avale une grande gorgée pour me réveiller. Je m'assois à côté de Lila.

— Où sont Dean et Caroline ?

— Chez ton père. Je leur ai dit que tu irais les voir une fois debout.

Je jette un œil par la fenêtre. Un gros quatre-quatre marron est garé derrière la Chevelle de Micha.

— Ils ont loué une voiture à l'aéroport ?

— Non, elle est à eux. Caroline ne voulait pas prendre l'avion.

— Dean a dû se débarrasser de la Porsche.

— Sûrement. Il n'y a pas de place pour un bébé dans une Porsche. Attends de voir le ventre de Caroline… c'est trop mignon !

Ethan lève les yeux au ciel. Micha boit son café, appuyé contre un meuble. Je finis le mien d'un trait avant de sortir de table.

— Je vais leur dire bonjour. Tu viens avec moi ?

— Si tu veux.

Nous attrapons nos manteaux et sortons de la maison. Il y a des traces de pas dans la neige. Elles vont de la porte de chez Micha jusqu'au grillage, puis de mon jardin jusqu'à ma porte d'entrée. Dean a dû emprunter notre chemin.

— On a lancé une mode, dis-je en riant.

Micha passe par-dessus le grillage. Je le suis, et il m'attrape par la taille à mi-chemin pour me poser par terre. Nous entrons dans la maison main dans la main. Ça sent la cannelle, le parfum et le bacon. Il y a une poêle sur le feu et une cafetière remplie à ras bord sur le meuble de la cuisine.

J'aurais dû me préparer mentalement avant d'entrer : à peine me voit-elle que Caroline se jette sur moi, excitée comme une puce.

— Oh ! Ella ! Il me tardait tellement de vous revoir !

Elle porte une robe violette et elle s'est fait une tresse. Dean est à table, les pieds sur une chaise et un journal sur les genoux. Il porte une chemise blanche et un pantalon noir. Je n'arriverai jamais à me faire à ce nouveau look. Avant, il ne portait que des vieux tee-shirts et des jeans troués. Une fois, il s'est même teint les cheveux en bleu.

— Félicitations à tous les deux ! nous dit Caroline.

— Merci.

Son enthousiasme me met mal à l'aise, mais je fais de mon mieux pour ne pas le montrer.

— Qu'est-ce qui t'est arrivé ? me demande-t-elle en montrant ma joue du doigt.

— Je me suis battue avec quelqu'un.

— Comme au bon vieux temps, marmonne Dean.

— Est-ce que ça va ? s'inquiète Caroline.

— Oui, tout va bien. Ma joue va dégonfler d'ici un ou deux jours.

— Juste à temps pour le mariage.

Elle me prend dans ses bras et son gros ventre appuie sur le mien.

— C'est une fille, annonce-t-elle en souriant.

Dean replie son journal et le pose sur la table, à côté de la boîte à cookies. Je me demande si le fait d'avoir un enfant le terrifie autant que moi. S'il a peur de devenir comme notre père.

— Félicitations.

— Merci, Ella. À vous aussi.

— Merci.

— Ça va être génial ! lance Caroline en se servant une assiette d'œufs au bacon. Un mariage en extérieur, à Noël, au bord d'un lac... Il n'y a pas plus photogénique.

— Vous êtes certains de vouloir vous marier dehors ? me demande Dean en se levant. Il va faire super-froid.

— Je sais, mais c'est important pour moi.

— Si tu le dis.

Il enroule ses bras autour de la taille de Caroline et pose les mains sur son ventre.

— Qui sera là ?

— Micha et moi, Lila, Ethan, la mère de Micha et son copain, toi, Caroline, papa et... peut-être sa petite amie.

— La secrétaire ?

— Tu es au courant ?

— Il m'en a parlé au téléphone il y a deux semaines.

— Ah bon ?

Pourquoi mon père s'est-il confié à Dean et pas à moi ? Micha dépose un baiser sur ma main pour me réconforter. Mon frère, lui, ne se rend compte de rien. Il ne me connaît pas aussi bien que Micha. Personne ne me connaît aussi bien que lui.

— Vous ne voulez pas inviter plus de monde ? s'étonne Caroline en attrapant une fourchette. Vous devez bien avoir des amis d'enfance dans le coin à qui ça ferait plaisir de venir.

— Non. Je n'ai envie d'inviter personne d'autre.

Elle fronce les sourcils en plantant sa fourchette dans ses œufs.

— Et toi, Micha ?

— Tout ce que je veux, c'est qu'Ella soit là. Je me fiche du reste.

— Très bien, soupire-t-elle. Alors, il est temps d'organiser tout ça.

— Lila et la mère de Micha ont déjà bien avancé. Je ne pense pas qu'il reste grand-chose à faire.

— Il reste *toujours* des choses à faire, Ella. Fais-moi confiance.

Elle a raison. Il y a encore du travail, mais seulement parce que ce n'est pas moi qui organise le mariage. Si c'était le cas, il n'y aurait que Micha, le pasteur et moi. La cérémonie aurait lieu sur une plage ou dans un champ de violettes. Je porterais une robe punk et Micha s'habillerait en noir avec ses bracelets en cuir. Il n'y aurait pas de vœux à écrire, il y aurait seulement un « oui » à dire et un baiser pour sceller notre union.

Hélas, cette décision ne me revient pas. J'ai une équipe entière derrière moi qui souhaite faire de ce mariage un événement majestueux et mémorable.

Je passe le reste de la journée en ville avec Lila, Caroline et la mère de Micha, qui doit aller chercher sa robe. Caroline s'en achète aussi une et m'offre un collier, même si je n'en ai pas besoin. Elle essaie de me forcer à porter un voile, mais je refuse de me balader avec un bout de tissu sur la tête à mon mariage. Au final, elle m'achète deux jolies barrettes ornées de roses noires, assorties à ma robe. Ensuite, elles insistent pour commander un gâteau. Je trouve tout cela exagéré, mais je les laisse faire. Après tout, un gâteau n'a jamais fait de mal à personne. Caroline a les mêmes goûts que moi et en choisit un à rayures noires et rouges, avec une dentelle de sucre en bas et des roses rouges sur le dessus. Il s'accorde parfaitement avec les fameux rubans que Lila veut absolument accrocher aux arbres.

La journée touche à sa fin et je suis épuisée mais heureuse. Je me sens enfin impliquée dans mon propre mariage, et je suis contente d'avoir tous ces proches autour de moi pour m'épauler. Il ne manque qu'une seule personne. Celle qui serait peut-être encore là si j'étais restée chez moi le soir où elle a mis fin à ses jours. Je sais que je ne suis pas responsable de la mort de ma mère, mais son absence me rend triste.

Je retourne chez Micha, qui est sorti avec Ethan et Dean pour se louer un costard. Lila, Caroline et la mère de Micha s'installent dans la cuisine, prêtes à nouer des rubans et à mettre des bougies dans les bocaux en verre qu'elles viennent d'acheter. Moi, je décide d'aller rendre visite à ma mère au cimetière. J'attrape mon carnet et un crayon, et j'enfile mon manteau, mes gants et mes bottes.

— Où vas-tu, chérie ? s'inquiète la mère de Micha.

— J'ai un truc à faire.

Elle jette un œil par la fenêtre, puis sur l'horloge du micro-ondes. Il est seize heures passées.

— La nuit va tomber, Ella. Et il fait très froid.

— Ne vous inquiétez pas pour moi. Je n'en ai pas pour longtemps.

— Tu veux que je t'accompagne ? me demande Lila.

J'ouvre la porte et un courant d'air glacé s'engouffre dans la maison.

— Non, merci.

Je ferme le battant derrière moi avant qu'elles n'aient le temps de protester. Je remonte le col de mon manteau jusqu'au nez. Il fait tellement froid que j'ai des picotements sur la peau. Le temps d'arriver au cimetière, je ne sens plus mes doigts. Je m'assois dans la neige, devant la tombe de ma mère. Des stalactites pendent aux branches de l'arbre d'à côté. Un manteau blanc recouvre les pierres tombales et le portail en fer forgé qui entoure le cimetière.

La neige traverse mon jean. J'ai les fesses trempées. Je pose mon carnet et mon crayon par terre et je me mets à genoux.

— Je ne sais pas quoi te dire, maman. Je sais que je devrais te rendre visite plus souvent, mais je n'habite plus ici. J'ai déménagé en Californie. J'ai une maison, maintenant. J'essaie de profiter de la vie. Ce n'est pas facile tous les jours, mais j'essaie. Je suis désolée que tu n'aies pas connu le même bonheur. J'ai commencé à lire ton journal. J'espérais y trouver quelque chose de positif, mais il n'y a rien. J'aimerais savoir si tu as été heureuse, au moins une fois dans ta vie. Papa pense que oui, mais il n'a pas l'air convaincu. Je sais à quel point il est facile de faire semblant. Je le fais encore, parfois… mais moins qu'avant. Je pense que je suis plus vraie, maintenant.

J'aimerais avoir les réponses à mes questions et, à la fois, je me demande si je ne me porte pas mieux sans. Si ma mère pouvait me répondre, elle me dirait peut-être que non, elle n'a jamais été heureuse. Ni quand elle était jeune, ni quand elle s'est mariée, ni quand elle a eu des enfants. Je sais ce que c'est que d'être dévorée par la dépression. Si j'apprenais que ma mère était restée dans la pénombre toute sa vie, cela me briserait le cœur.

— Il faut que j'écrive mes vœux de mariage, maman. Mais je ne suis pas à l'aise avec l'écriture. Mon truc, c'est le dessin.

J'attrape le crayon et je dessine une ligne sur le papier, laissant ma main faire ce qu'elle veut.

— On n'a jamais vraiment discuté de nos passions, toutes les deux. J'ai découvert que tu aimais dessiner, toi aussi, quand j'ai reçu la boîte que ta mère m'a envoyée. Enfin, ce n'est pas vraiment elle qui me l'a envoyée. C'est son avocat. Elle est morte il y a quelque temps. Je ne la connaissais pas, mais je suis quand même triste.

J'arrête de dessiner et je regarde ma page. Un portrait de Micha, le visage à moitié dans l'ombre. Dessous, j'écris « La lumière de mes nuits ». Je tourne la page et je dessine autre chose. Lui en train de jouer de la guitare, avec des notes de musique qui l'entourent. Dessous, j'écris « Sa voix réchauffe mon âme ». J'en dessine un autre et j'ajoute « Parfois, je me sens tellement aimée que j'en ai du mal à respirer ».

Je me mets à dessiner des bribes de notre vie : la première nuit que nous avons passée l'un contre l'autre, le grillage qui sépare nos maisons, sa voiture, les concerts, le voyage à La Nouvelle-Orléans, le lac, et même le pont. Tous les dessins ne sont pas parfaits, mais ce sont leurs petits défauts qui rendent l'histoire belle et vivante.

Je termine le dernier, qui représente Micha seul. Dessous, j'écris « Mon tout ». Je ferme le carnet et je me relève, les fesses paralysées par le froid.

Si je veux faire de ce projet mon portfolio, il va falloir que je passe des heures à l'élaborer… mais la base est là. Le plus dur est fait. À moi d'aller jusqu'au bout, et d'en faire le plus beau projet qui soit.

CHAPITRE 19

Micha

Je rentre bredouille à la maison, n'ayant pas trouvé un seul magasin à Star Grove qui loue des costards. Ma mère est assise sur le canapé, en train d'emballer un cadeau de Noël. Je lui demande où est Ella. Elle me dit qu'elle est sortie avec son carnet et son crayon.

— Est-ce que tu sais où elle est allée ?

— Non, mais elle ne doit pas être bien loin. Elle n'a pas pris de voiture.

Elle enroule un ruban autour du paquet, fait un nœud sur le dessus et le pose sous le sapin en plastique.

— Ça y est, tous mes cadeaux sont prêts !

— C'est quoi, cette nouvelle mode ? Avant, on se fichait des cadeaux de Noël. Cette année, tout le monde s'y est mis.

— Et alors ? Je ne vois pas où est le problème.

— Le problème, c'est que je n'ai rien acheté à personne. Ella a un cadeau pour moi et j'aimerais lui offrir quelque chose en échange, mais je ne sais pas quoi. Je veux que mon cadeau ait du sens.

Ma mère réfléchit un instant avant de se lever.

— Mets ton manteau et suis-moi.

— Pourquoi ?

— Fais-moi confiance.

On enfile nos manteaux et on sort de la maison. Je suis ma mère jusqu'au grillage et on passe par-dessus. Je ne vois pas où elle veut en venir. On contourne la Firebird du père d'Ella et ma mère frappe à sa porte. Jamais je n'ai frappé à cette porte. J'entre toujours chez Ella comme si j'étais chez moi.

— Qu'est-ce que tu fais, m'man ?

Elle frappe une seconde fois et tourne la tête vers moi.

— Il y a quelques semaines, j'ai vu Raymond porter tout un tas de cartons dans le garage. Je lui ai donné un coup de main, et il m'a dit qu'il s'agissait des affaires de la mère d'Ella.

— Ça n'explique pas ce qu'on fait là.

— Je pense qu'Ella serait contente si tu lui offrais quelque chose qui appartenait à sa mère. Quelque chose qu'elle pourrait porter au mariage, par exemple.

C'est la pire idée qu'elle ait jamais eue. Le père d'Ella va être mal à l'aise et je ne sais pas comment Ella réagira face à un tel cadeau. Avant que je n'aie le temps de le lui dire, la porte s'ouvre. M. Daniels a l'air surpris de nous voir.

— Bonjour, Terri.

— Bonjour, Raymond. J'ai un petit service à te demander.

Elle lui explique la situation. J'ai le ventre noué. J'ai peur qu'il s'énerve et que ça retombe sur Ella.

— On se disait que Micha pourrait lui offrir quelque chose qui appartenait à Maralynn, peut-être dans un de ces cartons que je t'ai aidé à mettre dans le garage.

— Ils… Ils sont remplis de vieux vêtements. Rien de bien intéressant.

Il n'ose pas croiser notre regard et passe une main dans ses cheveux, visiblement gêné.

— Excusez-nous, monsieur Daniels, je lui dis en tirant ma mère par le bras. On va trouver une autre solution.

Ma mère résiste et insiste.

— Est-ce qu'il n'y aurait pas un bijou, par exemple ? Un collier ? Des boucles d'oreilles ?

Raymond est de plus en plus mal. Je suis sur le point de partir quand il lève la tête et jette un œil vers le garage.

— Attendez… Je pense que j'ai une idée.

Il attrape son manteau et son bonnet sur la patère derrière lui et les enfile en nous rejoignant dehors. On le suit en direction de garage. Ma mère a le sourire jusqu'aux oreilles.

Le père d'Ella allume la lumière et se dirige vers les cartons entassés dans un coin. Il en soulève un du haut d'une pile et regarde celui du dessous pendant une bonne minute, comme s'il avait peur de ce qu'il contient. J'échange un regard avec ma mère. M. Daniels finit par ouvrir le carton et en sort une petite boîte en bois. Il se tourne vers nous en la tenant délicatement, comme s'il s'agissait d'un objet fragile.

— Notre mariage était une formalité plus qu'une fête, nous dit-il en grimaçant. Avec Maralynn, on ne s'est même pas habillés pour l'occasion.

— Je connais ça, lui répond ma mère. Mon mariage avec le père de Micha a eu lieu dans un parc, et il n'y avait pas plus de dix invités.

— Nous, seulement deux. Et, l'unique raison de leur présence, c'était qu'ils étaient nos témoins. Maralynn ne voulait personne d'autre.

Il pousse un soupir en me tendant la boîte.

— Je l'ai offert à la mère d'Ella le matin de notre mariage. Rien d'exceptionnel. Je l'ai acheté dans une boutique de prêteur sur gages pour une vingtaine de dollars, mais elle l'a quand même porté pendant la cérémonie. Tu pourrais l'offrir à Ella pour qu'elle le porte à votre mariage, elle aussi.

J'attrape la boîte et soulève le couvercle. C'est un collier formé d'un ruban de satin noir avec une petite rose rouge en guise de pendentif. Il est parfait.

— La mère d'Ella adorait les roses. Je ne sais pas si Ella aura envie de le porter, mais ça ne coûte rien d'essayer.

— Merci. Je suis sûr qu'elle va l'aimer.

On sort du garage, et ma mère et le père d'Ella se mettent à discuter de la pluie et du beau temps.

J'espère qu'Ella est rentrée. La nuit va bientôt tomber. Je dis au revoir à M. Daniels et je retourne chez moi. Lila et Ethan, qui s'apprêtent à rendre visite aux parents de ce dernier, me disent qu'elle n'est toujours pas là. Après leur départ, je vais dans ma chambre et je cache le collier. Pour me changer les idées et en attendant Ella, je lis quelques pages du journal de sa mère.

Je ne vais jamais y arriver. Je ne suis capable ni d'être une mère ni d'être une épouse. J'ai envie de fuir, de m'envoler pour échapper à toutes ces peurs qui m'empêchent de vivre. Il n'y a que deux issues. Soit je pars, soit j'attends que Raymond me quitte. C'est inévitable. Je le sens. Un jour, il va s'en aller parce que je ne suis pas à la hauteur. C'est trop dur. Je n'ai plus de forces. Je suis épuisée. Peut-être est-il temps de laisser cette vie derrière moi ?

Ces mots me brisent le cœur parce que, à une époque, Ella aurait pu écrire la même chose. Aujourd'hui, je sais qu'elle m'aime et qu'elle veut qu'on soit ensemble. Après tout, c'est elle qui a glissé la bague sur son annulaire et qui a accepté d'emménager avec moi.

Je continue à lire jusqu'à ce que ma mère frappe à la porte. Elle part en ville avec Thomas pour acheter à manger.

— Tu veux que je te ramène quelque chose ?

— Non, merci.

— Si jamais tu as faim, il y a des restes dans le frigo.

— D'accord. Et… m'man ?

— Oui ?

— Merci pour le collier.

— Ça m'a fait plaisir. Je suis contente qu'on lui ait trouvé un cadeau.

— Moi aussi.

Elle s'en va et je jette un coup d'œil à mon réveil. Si Ella n'est pas rentrée d'ici vingt minutes, je pars à sa recherche.

Je reprends ma lecture en vérifiant l'heure toutes les deux pages. La suite est encore plus déprimante. Je suis témoin de la descente aux enfers de cette femme. Heureusement qu'Ella a arrêté de le lire. Ça prouve à quel point elle est forte, plus forte que sa mère. Elle savait que la lecture de ce journal aurait fini par la miner.

Je m'apprête à le fermer quand je réalise qu'il ne reste plus qu'une page. Je décide de la lire pour en finir. Il va falloir que je dise à Ella qu'il n'y a pas un seul passage joyeux là-dedans. J'espère qu'elle ne le vivra pas trop mal.

Je lis la dernière page… et un poids s'envole de mes épaules. Un sourire me monte aux lèvres. Je me lève et je sors de la chambre pour aller chercher Ella. Il faut absolument qu'elle lise ce passage. J'enfile mon manteau et mes bottes lorsque la porte s'ouvre. Un vent glacé s'engouffre dans la maison. Ella entre en trombe dans le salon, les lèvres bleues, les joues rouges, le corps tremblant et son carnet contre la poitrine. Elle ferme la porte derrière elle en me souriant.

— Tu vas quelque part ? me demande-t-elle.

— Plus maintenant. J'allais te chercher.

J'enlève mon manteau et je pose mes mains sur ses joues froides.

— Tu es restée dehors combien de temps ?

— Deux heures.

J'attrape son carnet et je le pose sur le meuble d'à côté. Je l'aide à enlever ses gants et je prends ses mains dans les miennes. Je les frictionne et souffle dessus pour les réchauffer.

— Tu as trouvé un costard ?

— Non.
— Tant mieux. Je te préfère en jean et en chemise.
Je continue à lui réchauffer les mains, cherchant les bons mots pour lui annoncer la suite :
— J'ai terminé le journal de ta mère.
— C'est vrai ? Est-ce que tu as trouvé quelque chose d'intéressant ?
— Oui. Tu veux le lire ?
— Je ne sais pas… Est-ce qu'on peut attendre un peu ? Je suis de bonne humeur, et je n'ai pas envie de tout gâcher.
— Ce passage-là n'est pas triste. Au contraire.
— Ce sera quand même difficile, Micha. Même si c'est positif, c'est ma mère qui l'a écrit, et ça me rend triste qu'elle ne soit pas là.
— D'accord, mais je pense qu'il faudra que tu le lises avant le mariage.
Je lui masse la main droite et elle fait la grimace.
— Tu as mal ?
— Oui, c'est avec ce poing-là que j'ai frappé Mikey. Regarde.
J'inspecte sa main de plus près. Le fait de reparler de Mikey me met dans une colère noire, mais je ne laisse rien paraître. Je lui ai promis de ne pas me venger et de ne pas m'énerver.
— Combien de fois est-ce que je te l'ai dit, Ella ? Il faut frapper avec le poing plat.
— Je sais, mais j'étais bourrée et j'ai paniqué.
Je dépose un baiser sur sa main.
— Qu'est-ce que tu aimerais faire, ce soir ?

Elle balaie la pièce du regard.

— Je ne sais pas. Où est passé tout le monde ?

— Caroline et Dean sont chez ton père, ma mère et Thomas sont allés faire des courses et Lila et Ethan sont chez les parents d'Ethan.

— On a la maison pour nous tout seuls, alors, me fait-elle remarquer en attrapant son carnet.

— Oui. Je me demande bien ce qu'on pourrait faire… Et si on commençait par te déshabiller ?

— Si c'est ce que tu veux, il va falloir m'attraper !

Elle éclate de rire et s'élance vers le couloir après avoir jeté son carnet sur le canapé. Je la suis et, au passage, j'aperçois un dessin dans son carnet entrouvert. C'est un portrait de moi en train de jouer de la guitare, avec des notes de musique et une phrase écrite dessous : « Sa voix réchauffe mon âme. »

Je reprends ma course et fonce dans la chambre. Je la cherche dans l'armoire et sous le lit. Je vais dans la chambre de ma mère, puis dans la salle de bains. Je ne la trouve nulle part. Je retourne dans le salon. Je suis sur le point d'entrer dans la cuisine quand elle surgit. Je sursaute et elle se jette sur moi en riant. Je tombe en arrière et elle me suit dans ma chute.

Ella m'écrase et met les mains des deux côtés de ma tête en me défiant du regard, fière de sa prouesse.

— Ça, c'est pour toutes les fois où tu m'as mise par terre.

Je pose mes mains sur ses hanches et, d'un coup sec, je la retourne et la plaque au sol.

— Non, Micha !

— C'est *toujours* moi qui gagne, Ella. Ne l'oublie jamais.

Elle éclate de rire et je l'embrasse avec passion.

*

Quelques heures plus tard, on est au lit, nus et les jambes entremêlées. Ella n'a pas encore lu le journal et je ne la pousse pas à le faire. Elle est allongée sur le ventre, en train de dessiner sa mère d'après une photo. Sur l'autre page, il y a un portrait de moi avec marqué « Mon tout » dessous.

— C'est un nouveau projet ? je lui demande en lui caressant le dos.

— Oui. Je t'en parlerai plus tard, quand j'aurai un peu plus avancé. D'accord ?

— Est-ce que tu peux me donner un indice ?

Elle tourne la tête vers moi en se mordillant la lèvre.

— C'est à propos de notre passé… et de notre avenir.

Notre avenir. Je m'en veux aussitôt. Je n'ai pas été honnête avec elle ces derniers jours. Je ne lui ai toujours pas parlé de la tournée. J'ai peur de sa réaction. Peur qu'elle accepte de me suivre alors qu'elle n'est pas prête. Peur qu'elle refuse et que mon rêve s'arrête là. Je passe un bras autour d'elle et je cale mon visage contre son cou.

— Il faut que je t'avoue quelque chose, Ella. J'ai… J'ai une nouvelle à t'annoncer.

Son corps se crispe et elle pose le crayon sur son carnet.

— Mike m'a appelé, l'autre jour.

— Qu'est-ce qu'il voulait ?

— Tu te souviens du Rocking Slam Tour, la tournée dont je t'avais parlé ?

— Celle avec les groupes que tu adores ? La tournée que tu rêvais de faire ?

— Oui.

— Tu as été accepté ?

— Oui.

Un sourire se dessine sur ses lèvres.

— C'est super ! Je suis contente pour toi, Micha.

Elle m'embrasse avec enthousiasme, mais je suis trop choqué par sa réaction pour lui rendre la pareille.

— Qu'est-ce qu'il y a ? me demande-t-elle. Pourquoi tu fais cette tête ?

— Parce que… la tournée commence dans quelques semaines. Et elle dure trois mois.

— *Trois mois* ?

— Oui. Et, si je la fais, notre lune de miel tombe à l'eau.

Ella serre les lèvres, comme si elle avait envie de dire quelque chose mais qu'elle se retenait.

— Je me fiche de notre lune de miel, Micha. Cette tournée est plus importante.

J'attends un instant avant de répondre, essayant de deviner ce qui se passe dans sa tête. Je n'y arrive pas.

— Dis-moi vraiment ce que tu en penses, jolie fille.

— Je pense que tu devrais y aller.

— Tu en es sûre ?

— Oui. On ne sera séparés que trois mois. Ça nous est déjà arrivé plein de fois.

— Peut-être, mais c'était insupportable.

— Arrête, Micha ! Tu vas faire cette tournée, t'éclater et vivre ton rêve. Si tu n'y vas pas, je ne t'épouse pas.

Je ne sais pas quoi dire. Je la connais assez pour savoir que cette situation ne lui plaît pas à cent pour cent, mais je vois bien qu'elle souhaite mon bonheur.

— Viens avec moi, Ella.

— En tournée ? Pendant trois mois ?

— Pourquoi pas ? Ça serait super ! Toi et moi sur la route. Notre première aventure en tant que mari et femme. On a passé notre enfance à se dire qu'on voyagerait ensemble quand on serait grands ! On se l'est juré. C'est le moment ou jamais.

— Pendant *trois mois* ? C'est trop long, Micha. J'ai la fac, et mon travail…

— Tu pourrais suivre tes cours par correspondance et quitter ton travail à la galerie.

Je m'en veux aussitôt. Pour qui je me prends ? Je n'ai pas le droit de lui imposer de tels sacrifices ! Pourtant, Ella réfléchit à ma proposition. Elle a l'air à la fois paniquée et excitée.

— Tu n'es pas obligée de décider maintenant, Ella. Réfléchis-y quelques jours.

— D'accord. Je vais y réfléchir, mais à une seule condition.

— Laquelle ?

Un grand sourire illumine son visage.

— Chante-moi ma chanson.

CHAPITRE 20

Ella

Partir en tournée avec Micha pendant trois mois… C'est complètement fou, mais j'ai envie de dire oui. J'ai envie de le suivre. De profiter de la vie. De m'amuser. D'être heureuse. J'ai toujours pensé que tout ça n'était pas pour moi, mais maintenant je réalise que si. C'est *ma* vie et j'ai le droit d'en faire ce que je veux. Voyager avec Micha, passer mes journées à dessiner et mes soirées à l'écouter chanter… Tout cela est à portée de main. C'est décidé : quand il aura terminé sa chanson, je lui annonce que je viens avec lui.

Torse nu et en caleçon, Micha attrape sa vieille guitare et s'assoit au bord du lit. Je pose mon dos contre le mur en remontant le drap sur moi. Il balaie mon corps du regard.

— Si on m'avait dit à l'époque que tu serais nue dans mon lit le jour où je te chanterais ça…

Je lui souris en calant un oreiller derrière ma tête.

— Je suis sûre que tu parles de mon corps dans ta chanson.

— Non. Elle ne parle pas de sexe, Ella. Elle parle d'amour.

Je lève les yeux au ciel, mais j'ai des papillons dans le ventre.

— Prête, Ella May ?

— Prête.

Il joue l'intro à la guitare et tout disparaît autour de moi. Il n'y a plus que lui et moi, et cette mélodie dans laquelle j'ai envie de me perdre à jamais. Quand Micha se met à chanter, sa voix me touche droit au cœur, comme si nos âmes s'entremêlaient le temps de sa chanson :

Je te vois dans la foule, le cœur lourd et brisé
Noyée dans ta douleur, sans issue ni entrée
Ta souffrance me fait mal, car tu ne le sais pas
Mais je pourrais t'aider si tu voulais de moi
Toi qui penses toujours ne pas nous mériter
Tu te noies dans le noir, je coule à tes côtés
Je veux t'ôter ce mal et en moi l'étouffer

Il gratte les cordes avec de plus en plus de passion et se lance dans le refrain, les yeux fermés :

Sache que quoi qu'il arrive
Douleur, tristesse et larmes
Je serai toujours là pour toi
Dans les moments les plus durs
Même quand l'espoir n'est plus là
Je serai toujours là pour toi
Jamais je ne baisserai les bras

Et jamais tu ne couleras
Laisse-moi porter ce poids

Il enchaîne avec le second couplet :

Mes sentiments pour toi me brûlent et me consument
Je les retiens sans cesse, mais ce n'est qu'un costume
J'ai mal à tes côtés, j'aimerais que ça change
J'aimerais te sauver et faire de toi mon ange
Te sortir de la pénombre, y sombrer à ta place
Parce que j'ai besoin de toi
Je ne peux pas vivre sans toi

Sa voix déraille un peu, mais ses doigts continuent à danser le long du manche.

Sache que quoi qu'il arrive
Douleur, tristesse et larmes
Je serai toujours là pour toi
Dans les moments les plus durs
Même quand l'espoir n'est plus là
Je serai toujours là pour toi
Jamais je ne baisserai les bras
Et jamais tu ne couleras
Laisse-moi porter ce poids

Il termine la chanson sur un dernier accord, puis reste immobile quelques instants avant d'ouvrir les yeux. Il pose la guitare par terre et étudie mon visage… avant de se jeter sur moi, l'air inquiet.

— Oh ! Ella, je suis désolé. Ne pleure pas... Je ne voulais pas te rendre triste.

Je pose les mains sur mes joues. Elles sont trempées. Je ne m'étais même pas rendu compte que je pleurais.

— Je ne suis pas triste. Je suis émue. Je ne savais pas que tu ressentais déjà tout ça à l'époque.

— Quand j'ai écrit ces paroles, je me suis surpris moi-même. C'est grâce à elles que j'ai compris que je t'aimais, et que j'étais prêt à tout pour te rendre heureuse.

Des larmes fraîches dévalent mes joues et je n'essaie même pas de les retenir. Trop d'émotion. Je repense à toutes ces années que l'on a passées ensemble, et à toutes celles qui nous attendent.

Je me rapproche de lui et je me blottis dans ses bras.

— Sache que tu as réussi, Micha. Sans toi, j'aurais baissé les bras et j'aurais fini par couler. Merci de m'en avoir empêchée. Merci mille fois.

CHAPITRE 21

Micha

Je ne m'attendais pas à ce que ma chanson la mette dans cet état. Elle est émouvante, certes, mais Ella n'est pas du genre à pleurer facilement. Ses larmes ont rendu l'instant encore plus beau.

Le soleil se couche et on est collés l'un à l'autre, à la lueur de ma petite lampe de chevet.

— Dis-moi ce que tu as trouvé dans le journal, Micha.

— Je croyais que tu voulais attendre.

— Oui, mais tu m'as dit qu'il fallait que je le lise avant le mariage. Je te rappelle que c'est demain.

Je lui souris pendant qu'elle dessine du bout du doigt le tatouage que j'ai sur les côtes.

— Demain, tu seras à moi.

— Je suis à toi depuis longtemps, Micha.

Elle attrape le journal sur la table de chevet et me le tend.

— Est-ce que tu peux me lire le passage dont tu parlais ?

— Si tu veux.

On s'allonge sur le côté, face à face, nos têtes sur les oreillers et les jambes sous le drap. Elle pose une main sur ma hanche pendant que je cherche la dernière page.

— Je pense que ce sont les vœux qu'elle a écrits avant d'épouser ton père. En tout cas, ça y ressemble.

— Tu crois ? Parce qu'elle ne donne pas du tout l'impression d'avoir envie de se marier…

— Ce qui est sûr, c'est qu'elle l'a écrit pour ton père. Il y a marqué « À Raymond » en haut de la page. Et c'est gentil, ce qu'elle a écrit. Court mais gentil.

— Est-ce que nos vœux pourront être courts, à nous aussi ?

— Ils peuvent être de la longueur que tu veux, Ella. Et tu as le droit de ne rien écrire du tout, si tu ne le sens pas.

— Non, ça ira. Je suis prête. Maintenant, lis-moi ce qu'elle a écrit.

J'inspire un grand coup avant de me lancer :

Mon monde n'avait aucun sens. Un monde sans lumière. J'avais les ténèbres, le doute et la mort pour seuls compagnons… jusqu'à ce que tu entres dans ma vie. Jusqu'à ce que tu me montres que l'espoir existe. Pendant un moment, j'ai suivi le chemin que tu m'as tracé. J'ai respiré pour la toute première fois. Grâce à toi, je sais à quoi ressemble la vie lorsqu'on la traverse sans suffoquer. Grâce à toi, j'ai connu la lumière. Voilà pourquoi je t'aimerai toujours, Raymond Daniels.

Je lève la tête du journal. Ella a les larmes aux yeux. Avant que j'aie le temps de la réconforter, elle saute du lit et enfile un tee-shirt et un jean à toute vitesse.

— Qu'est-ce que tu fais ?

— Il faut que j'aille voir mon père.

Je suis surpris, mais je ne la retiens pas. Elle met ses bottes et attrape son manteau, puis elle m'arrache le journal des mains, déchire la page que je viens de lire et l'enfouit dans sa poche.

— Il faut absolument qu'il lise ça. Je reviens vite.

Le sourire jusqu'aux oreilles, elle dépose un baiser sur mes lèvres et quitte la chambre en trombe, me laissant seul et un peu sonné.

Son enthousiasme me réjouit. J'ai bien fait de lui en parler. De lui lire cette page. C'était une bonne décision. J'espère vraiment que je continuerai à la rendre heureuse, à la faire rire et sourire, et que ce dont je rêvais dans ma chanson deviendra réalité.

CHAPITRE 22

Ella

Je cours jusque chez moi avec le petit bout de papier dans ma poche. Mon père mérite de lire ce que ma mère a écrit. Il mérite de savoir qu'à une époque il l'a rendue heureuse.

Je déboule dans la maison, soulagée de le trouver seul, à table. Il est encore en vêtements de travail : un tee-shirt blanc et un jean recouverts d'éclats de peinture rouge. Il mange du poulet et des pommes de terre, en buvant un verre de lait.

Surpris par mon entrée, il se lève de sa chaise.

— Ella ? Qu'est-ce qui se passe ?

Je sors le papier de ma poche et le lui tends.

— Qu'est-ce que c'est ?

— Une page du journal de maman.

Son visage se décompose.

— Lis-la, papa. Je te promets que tu ne le regretteras pas.

Il hésite un instant avant de me la prendre. Il a les mains qui tremblent en dépliant le papier. Mon père se met à lire et ses yeux s'emplissent de larmes. Il n'a pas l'air triste. Seulement ému et soulagé.

Il replie le papier et le garde à la main.

— C'était vraiment dans son journal ?

— Oui. La dernière page. Est-ce que ce sont ses vœux de mariage ?

— Non. C'est la première fois que je lis ça.

Des larmes dévalent le long de ses joues. Je pense que c'est la première fois que je le vois pleurer. Il se ressaisit et me donne une petite tape sur l'épaule… puis me prend dans ses bras.

Il sent la cigarette et la peinture, mais pas l'alcool. Je repense à toutes ces fois où je voyais les mères prendre leur enfant dans leurs bras au parc, quand j'étais gamine. Toutes ces fois où la mère de Micha l'enlaçait quand il était triste. Je me souviens de la première fois où ça m'est arrivé, à moi aussi. J'avais huit ans et je m'étais écorché le genou. Micha a essayé de me consoler en me prenant dans ses bras. À peine a-t-il eu le temps de m'approcher que je l'ai poussé et fait tomber par terre. Les choses ont bien changé.

Être dans les bras de mon père n'est pas ce qu'il y a de plus facile, mais peut-être cela deviendra-t-il normal, un jour… aussi normal que la tournure que prend ma vie.

*

Lorsque je rentre chez Micha, la soirée est déjà bien avancée. Il fait froid et la maison est silencieuse. J'enlève mes bottes, j'accroche mon manteau dans l'entrée et je me dirige vers la chambre. La pièce est plongée dans le noir et Micha est au lit, le visage écrasé contre l'oreiller et la couverture remontée jusqu'au menton.

J'allume la lampe de chevet, j'enlève mon jean et je le rejoins au chaud. Je passe une main dans ses cheveux.

— Tu dors ?

Il pousse un soupir et pose ses mains sur mes hanches.

— J'étais justement en train de rêver de toi.

— Il faut que je te dise quelque chose, Micha.

— Est-ce que ça va ? s'inquiète-t-il.

— Oui, ne t'en fais pas. Tout va bien.

— Alors, je t'écoute.

— Je veux t'accompagner sur la route. Je vais démissionner et prendre des cours par correspondance le temps de la tournée.

Il a l'air surpris. Il met une bonne minute à me demander :

— C'est vrai ?

— Oui, Micha. J'ai envie de te voir monter sur scène tous les soirs et de passer mes journées à dessiner des choses qui me tiennent à cœur… comme toi, les endroits où on est allés ensemble, nos cachettes, le lac, ta chambre, l'arbre que tu escaladais pour me rejoindre le soir… Si je pouvais choisir à quoi doit ressembler ma vie, c'est comme ça que je la verrais. C'est ça que je veux faire.

— Tu… Tu en es vraiment sûre ? Parce que tu as encore quelques semaines pour y réfléchir. Je ne veux pas que tu prennes cette décision à la légère et que tu le regrettes plus tard.

— Je veux passer le plus de temps possible avec toi et je veux que tu réalises ton rêve, Micha.

Il a du mal à y croire, je le vois dans ses yeux. Et il a l'air ravi.

— Merci, Ella May. J'ai envie que tu viennes avec moi. Plus que tout.

— Plus que de m'épouser ?

— Pas à ce point-là, mais presque.

Nous restons un long moment sans parler, à penser à notre avenir. Du moins, c'est ce que je fais. Micha, lui, a d'autres idées derrière la tête. Il pose une main sur mes fesses, le regard coquin, et me caresse le bas du dos. J'en ai la chair de poule.

— Est-ce que tu stresses pour demain ? me demande-t-il en m'embrassant sur le front.

— Oui. Et toi ?

— Un peu. J'espère surtout que personne ne va mourir de froid.

— Est-ce que tu as peur que je te fasse faux bond ?

Je ne peux pas m'empêcher de lui poser cette question. Après tout, je lui ai déjà échappé deux fois : après cette fameuse nuit sur le pont, puis il y a une semaine à notre propre mariage.

— Pas vraiment.

— Malgré tout ce que je t'ai fait ?

— Je sais que tu m'aimes, Ella. Je sais que tu es terrifiée mais excitée. Et je suis convaincu que tu seras là demain, à mes côtés. Que tu vas remonter l'allée, me lire tes vœux, me dire « oui », et qu'on va se lancer dans la plus belle aventure qui soit. Notre aventure à nous.

Ses mots me touchent tellement que j'en ai les larmes aux yeux.

— Est-ce que ça fait partie des vœux que tu vas me lire demain ?

— Non, répond-il en souriant. Mes vœux sont bien plus beaux que ça.

— C'est vrai ?

— Oui. Encore plus forts que ma chanson.

Il m'embrasse, me caresse et me fait l'amour avec tendresse et passion. Un peu plus tard, je jette un œil à l'horloge. Il est tout juste minuit.

— Joyeux Noël, Micha. C'est officiellement le jour de notre mariage.

— Tu te sens prête ?

— Oui.

— Tu as l'air stressée.

— Je sais. Et toi ?

— Un peu.

— Tant mieux.

— Pourquoi ?

— Parce que ça veut dire qu'on est sur la même longueur d'onde.

Je pense à la cérémonie qui nous attend. Je n'aime pas l'idée de remonter l'allée toute seule. J'ai peur de paniquer. Et, si je la remonte au bras de mon père, il ne saura pas me rassurer.

— Est-ce que… Est-ce que ça te dérangerait de remonter l'allée avec moi, Micha ? Ou de dire à Lila de laisser tomber l'idée ?

Il fronce les sourcils.

— Tu ne peux pas lui dire toi-même ?

— Non. Elle est complètement obsédée par ce mariage. Je vais lui briser le cœur.

Il passe un bras autour de ma taille.

— Alors, remontons cette allée ensemble.

— Merci.

Soulagée, je le serre fort dans mes bras. Tout va mieux quand il est avec moi.

— Maintenant que c'est Noël, est-ce que tu comptes m'offrir mon cadeau ? me demande-t-il.

— Si tu veux, mais n'oublie pas que ce n'est pas le cadeau du siècle.

— Je m'en fiche.

Je me lève et fouille dans mon sac.

— Ne sois pas déçu, d'accord ?

Je retourne au lit et je lui tends mon paquet. Il s'assoit en tailleur en souriant.

— Tu as même mis un ruban ! se moque-t-il. C'est tellement mignon !

Je lui pince le bras. Il arrache le papier cadeau et ouvre la petite boîte dans laquelle j'ai rangé les deux bracelets avec « Pour toujours » gravé dans le cuir.

— Ce sont les mêmes que ceux qu'on portait quand on était petits. Sauf qu'il y avait marqué « Meilleurs amis » dessus.

Il lève la tête et me regarde droit dans les yeux.

— Je m'en souviens. Tu m'avais forcé à le mettre. J'avais peur que les autres garçons se moquent de moi.

Je regrette aussitôt mon cadeau. Je savais que c'était une mauvaise idée.

— Tu l'as quand même porté.

— Seulement parce que c'est toi qui me l'avais demandé. Tu sais bien que je suis prêt à tout pour toi.

— Excuse-moi, Micha... J'aurais dû t'offrir autre chose.

— Tu plaisantes ? Ils sont parfaits !

— Tu viens de dire que tu en avais honte...

— À l'époque, parce que j'avais huit ans ! Mais pas aujourd'hui, Ella. Merci beaucoup pour ce cadeau. Ça me touche vraiment.

— Même s'il est un peu ringard ?

— Tu me connais. J'adore les trucs ringards.

— C'est vrai. Je pense que tu déteins sur moi.

Il enfile son bracelet et attache l'autre à mon poignet, puis il descend du lit et fouille dans le tiroir de sa commode. Il revient avec une petite boîte en bois à la main. Il me la tend, tremblant comme le soir où il m'a offert ma bague de fiançailles.

— Je n'ai pas eu le temps de l'emballer. Joyeux Noël, Ella May-bientôt-Scott.

Je souris, curieuse de voir ce qui se cache à l'intérieur. Je soulève le couvercle. C'est un collier en ruban de satin noir avec un pendentif en forme de rose.

— Il est superbe.

Je touche la rose rouge. On dirait de la porcelaine.

— C'est de la part de ton père et de moi. Il appartenait à ta mère. Il lui a offert ce collier le jour de leur mariage. On pensait que tu pourrais le porter demain, pour te sentir proche d'elle.

Je ne suis pas une grande pleureuse mais, depuis quelque temps, je n'arrête pas. Micha essuie mes larmes d'une main.

— J'hésitais à te l'offrir. J'avais peur que ça te rende triste.

— Je ne suis pas triste.

— Alors, pourquoi tu pleures ?

— Parce que je suis heureuse.

— Tu… Tu aimes le cadeau ?

— Je l'adore.

Je l'embrasse et m'allonge contre lui, la boîte à la main.

— Il est parfait, Micha. Tu es parfait.

Et il l'est. Il l'est vraiment.

CHAPITRE 23

Micha

— Vous et vos idées à deux balles !

C'est le grand jour. Ethan fait les cent pas dans la neige, les mains enfouies dans les poches de son manteau et sa capuche enfoncée sur la tête. Je porte une chemise à rayures qu'Ella a choisie pour moi, un jean noir et une veste noire que j'ai empruntée à Thomas. Ella m'a demandé de retrousser mes manches et de garder mes bracelets en cuir. Elle trouve ça sexy.

J'ouvre le coffre de la Chevelle. La neige est tellement épaisse que j'ai dû m'arrêter sur la route pour mettre des chaînes sur les pneus. Le trajet n'a pas été facile, et je m'inquiète déjà du retour.

— Arrête de chouiner, je dis à Ethan. Il ne fait pas si froid que ça.

— Tu parles ! On va geler sur place, mec.

Au-dessus de nous, le ciel est gris et chargé. Des flocons tombent en silence sur les branches nues des arbres et sur le lac gelé. Lila est passée un peu plus tôt avec ma mère pour mettre la déco en place. Elles ont jeté des pétales de rose par terre, déposé des bougies sous les arbres et noué des rubans dans les branches. Elles m'ont demandé d'accrocher une guirlande lumineuse à l'adaptateur de ma voiture. Il va falloir laisser le moteur tourner pendant toute la cérémonie.

Une fois leur mise en place terminée, elles sont retournées à la maison pour aider Ella à se préparer. Je suis content qu'elle ne soit pas toute seule. Quand je suis parti, elle avait l'air tendue.

Je sors les chaises pliantes du coffre. Moi aussi, je commence à stresser. Après tout, je suis sur le point de me marier ! Je repense à la morale qu'Ethan m'a faite il y a quelques jours. J'espère que je ne vais pas tout foutre en l'air.

— Ça va, mec ? Tu es tout blanc.

— Tout va bien. Ne t'en fais pas.

Il m'aide à décharger les chaises et on les déplie une par une.

— Aligne-les bien, me dit-il. Sinon, Lila va nous tuer.

L'installation ne prend qu'une minute, vu qu'il n'y aura quasiment personne à notre mariage. Le temps de terminer ma rangée, je suis devenu une vraie boule de nerfs. Je ne tiens plus en place. J'ai le cœur qui bat à cent à l'heure et je suis en sueur.

Je me précipite dans la Chevelle et j'ouvre la boîte à gants. Je soulève les papiers de la voiture et j'attrape le paquet de cigarettes que j'y ai caché, au cas où j'en aurais besoin un jour. Un jour comme aujourd'hui.

Ethan me regarde de travers.

— Tu es sérieux, mec ?

— Il faut que je me calme.

Je m'assois côté conducteur, la portière grande ouverte et les pieds dans la neige. Je sors le briquet du paquet et j'allume ma cigarette. La fumée m'emplit les poumons et me calme aussitôt.

— Tu te sens mieux ?

— Beaucoup mieux.

Ethan lève les yeux au ciel. Il n'a jamais aimé me voir avec une cigarette à la bouche, sauf à l'époque où il fumait des joints. Il me reprochait toujours de faire tomber des cendres dans son quatre-quatre et de puer la clope.

J'éteins ma cigarette dans la neige, en regrettant de ne pas avoir du parfum sous la main. Ella va tout de suite sentir que j'ai fumé. Elle sait que je fume quand je ne vais pas bien et, comme je la connais, elle risque de penser que je ne veux pas me marier ou que je regrette notre décision.

J'entends une voiture approcher. C'est le quatre-quatre de Dean. Il se gare à côté de la Chevelle et descend sans couper le moteur. Il s'est peigné les cheveux sur le côté et il porte des chaussures cirées. Quand je pense que, à une époque, il avait un piercing au sourcil et rêvait d'être couvert de tatouages…

— Salut, Micha. Il faut que tu ailles voir Ella.

— Pourquoi ? Elle m'a dit qu'elle nous rejoindrait avec ma mère et Lila.

— Je sais, mais… il y a quelque chose qui ne va pas.

— Qu'est-ce qui s'est passé ?

— Je ne sais pas. C'est sa copine qui m'a demandé de venir te chercher.

Je n'ai pas besoin d'en entendre davantage. Je monte dans la Chevelle, je débranche la guirlande, j'allume le moteur et je fonce, espérant qu'Ella ne va pas me faire faux bond. Pas cette fois.

CHAPITRE 24

Ella

Respire.

Respire.

Respire.

J'ai l'impression de suffoquer, comme si une main invisible me serrait la gorge. C'est arrivé d'un coup. J'étais en train de m'attacher les cheveux et de papoter avec Lila. Tout allait bien. J'ai fini de me coiffer et je me suis levée pour enfiler ma robe. La dernière étape avant de me marier.

C'est là que j'ai paniqué. Je me suis mise à pleurer. J'ai couru dans la chambre de Micha en hurlant. Sa mère, Lila et Caroline ont eu la peur de leur vie. Lila m'a rejointe pendant que je sanglotais sur le lit. Elle a essayé de me calmer, en vain. J'ai tiré la couverture sur moi, prête à me renfermer sur moi-même. Comme avant. Puis j'ai repensé aux progrès que j'avais faits ces derniers mois.

— Va chercher Micha… s'il te plaît.

— D'accord.

Cela fait un bon moment qu'elle est sortie de la chambre, et je n'ai toujours pas arrêté de pleurer. Mon maquillage a coulé. J'essaie de trouver le courage de me lever et d'aller mettre ma robe parce que, au fond, je sais que j'en ai envie. J'ai juste peur.

La porte s'ouvre et quelqu'un entre, s'assoit sur le lit et pose une main sur mon épaule.

— Qu'est-ce qui se passe, Ella ?

Micha soulève la couverture de mon visage. Il me regarde attentivement. Il a les larmes aux yeux.

— Est-ce que tu veux annuler le mariage ?

— Non ! C'est que… je… J'ai peur, Micha. J'ai peur de mettre ma robe, de lire mes vœux, de te dire « oui » devant tous ces gens… Il fallait juste que j'en parle avec quelqu'un qui me comprend. J'aimerais que tu m'aides à enfiler ma robe et… et à me lancer. S'il te plaît.

Voilà ce qu'il me faut. Micha à mes côtés. Le fait d'admettre que j'ai besoin de lui me rend déjà plus forte.

— Tu en es sûre ?

— Oui. J'ai paniqué. Je suis désolée. Ça va, maintenant.

Il me regarde un long moment avant de me tirer jusqu'au bord du lit. Il me prend par la main et m'aide à me lever. Il soulève mon tee-shirt en prenant garde à ne pas déranger les roses dans mes cheveux. Il laisse le tee-shirt par terre et fait glisser mon bas de pyjama le long de mes jambes. Je reste concentrée sur lui, sur son visage. Je me sens plus calme. Plus sereine. La tempête qui me consumait s'estompe peu à peu.

Micha attrape ma robe de mariée dans l'armoire. Le haut est en soie noire et le bas est tout blanc. Il y a un ruban et des roses noires et rouges autour de la taille. Elle est très élégante.

Il tient la robe pendant que je l'enfile et il me la remonte jusqu'à la poitrine. Je la tiens d'une main et il me la ferme dans le dos.

— Ça va mieux ?

— Beaucoup mieux. Merci, Micha.

— Je veux que cette journée te rende heureuse, Ella. Que notre mariage te rende heureuse. Tu es certaine que c'est ce que tu veux ? Toi et moi, pour toujours ?

— Sûre et certaine. Laisse-moi juste me remaquiller, et on peut y aller. Je dois vraiment avoir une sale tête.

— Tu es sublime. Comme toujours.

— Horriblement sublime, tu veux dire ! dis-je en riant.

Il sourit en passant une main sur ma joue.

— Non, Ella. Tu es sublime tout court. Et je peux t'aider à te maquiller, si tu veux, mais sache que je n'y connais rien.

Je vais chercher ma trousse sur la commode et Micha s'amuse à suivre ma main pendant que je me maquille, ce qui rend l'exercice un peu périlleux. J'arrive malgré tout à arranger mon trait d'eye-liner et à me remettre du gloss sur les lèvres sans trop déraper. Après, je m'assois sur le lit et Micha m'aide à enfiler mes bottes.

— Je me sens comme Cendrillon.

Il m'embrasse avant d'aller chercher le collier qu'il m'a offert hier soir. Il ouvre la boîte, l'attrape avec délicatesse et se met derrière moi pour me l'attacher autour du cou. Une fois le ruban et la rose en place, je me sens en paix avec moi-même.

— Prête ?

— Prête.

Je l'attrape par le col de sa chemise et lui vole un dernier baiser.

— Tu as fumé ?

— Oui. J'étais un peu stressé.

— À cause de quoi ?

— Du mariage… J'ai peur de ne pas m'occuper de toi comme tu le mérites. Je veux te rendre heureuse, Ella.

— Tu me rends déjà heureuse.

J'enfile ma veste en cuir et je glisse la photo de ma mère dans ma poche. Je veux qu'elle soit avec moi, aujourd'hui.

Nous sortons de la chambre, main dans la main, pour nous rendre à notre mariage. Et tout va pour le mieux, car j'ai Micha à mes côtés.

CHAPITRE 25

Micha

Ella est belle comme tout. Elle me regarde avec ses grands yeux verts et s'agrippe à ma main en sortant de la voiture. J'ai le cœur qui bat la chamade. Je mets *The Story* de Brandi Carlile, la chanson sur laquelle nous avons dansé au mariage de Dean et de Caroline et sur laquelle je lui ai dit que j'avais envie de l'épouser.

— Tu t'en es souvenu, me dit-elle en souriant.

— Bien sûr. C'est un moment clé de notre histoire.

Elle passe son bras autour du mien et on marche jusqu'à l'allée de pétales. Nos amis et familles tournent la tête pour nous regarder arriver. Je me sens heureux. D'ici quelques minutes, Ella sera mienne pour toujours.

Ethan et Lila ont l'air surpris de nous voir bras dessus bras dessous après la crise de panique d'Ella. Ma mère est assise à côté de Thomas, le sourire jusqu'aux oreilles. Je pense que c'est la première fois que je la vois aussi rayonnante. Dean a le visage impassible, comme toujours, et Caroline a déjà les larmes aux yeux. Le père d'Ella est le plus difficile à cerner, mais j'ai l'impression qu'il est sur le point s'éclater en sanglots.

On s'arrête devant le pasteur, qui se lance dans son discours. Des flocons de neige tombent sur la chevelure d'Ella et fondent sur sa peau. Elle est parfaite. Je suis tellement concentré sur elle que je n'écoute pas un mot de ce que dit le pasteur... jusqu'à ce qu'arrive le moment des vœux. Je lâche la main d'Ella et je sors le papier de ma poche, les mains tremblantes.

— J'ai toujours eu envie d'être avec toi, Ella. Depuis le jour où tu es sortie de ta maison et où je t'ai vue pour la première fois. Ce jour-là, j'ai décidé que je te voulais dans ma vie. Je ne peux pas dire que c'était le coup de foudre, parce que j'étais trop jeune et que je n'y crois pas, mais je pense qu'il est possible de rencontrer la bonne personne, celle qui rend tout plus beau, plus facile, celle qui donne un sens à notre vie. S'embrasser sur une balançoire, faire la course dans ma Chevelle, partager une glace à l'eau, pleurer ensemble, faire de la musique pendant que tu dessines... Tous ces moments que nous avons passés ensemble, si beaux ou difficiles qu'ils aient été, en valaient largement la peine. C'est grâce à eux que nous en sommes arrivés là, au jour de notre mariage. Tu me rends plus heureux que tout. Je t'aime, Ella May, plus que ma propre vie, et je t'aimerai jusqu'à mon dernier souffle.

Vers la fin, j'ai la voix qui tremble et je suis ému aux larmes en repensant à tout ce qu'on a traversé, Ella et moi. Dans quelques instants, cette fille que j'aime depuis toujours sera ma femme.

Je range le bout de papier dans ma poche. Ella sort le sien de sa veste en cuir en retenant ses larmes.

Elle le fixe pendant une éternité. J'espère qu'elle va avoir le courage de le lire. Qu'elle ne va pas paniquer. Elle pousse un soupir et, à mon grand soulagement, se met à lire ses vœux à voix haute :

— La première fois que je t'ai rencontré, j'ai eu la peur de ma vie. Parce que tu étais différent des autres. Tu ne me voulais pas de mal. Tu étais gentil avec moi et tu avais envie d'apprendre à me connaître. Je ne comprenais pas pourquoi. Ton intérêt pour moi m'échappait pour des raisons que tu connais bien, Micha, car tu me connais mieux que quiconque.

Sa voix tremblote et elle change le papier de main, essuyant sa paume moite contre sa veste.

— Puis tu as fini par m'apprivoiser. Tu as apporté de la lumière dans ma vie et tu m'as appris ce que c'était que d'être aimée. Tu étais le seul à savoir me faire rire. Tu m'as appris à m'amuser et tu m'as aidée à ne jamais baisser les bras. Tu as toujours été là pour moi et, au fil de ces dures et sombres années, tu as pris place dans mon âme et tu es devenu mon tout. La seule personne sur laquelle je puisse compter, peu importent les circonstances. Même quand j'étais en colère, même quand je t'ai repoussé, même quand j'ai fui… tu étais là pour moi. Et c'est pour ça que je t'aime. Je t'aime pour la fabuleuse personne que tu es, pour les chansons que tu m'écris et que tu te tatoues sur la peau, et pour le joint ridicule que tu as porté en guise de bague. Je t'aime parce que, même si j'ai longtemps résisté, tu m'as appris à vivre et à ne rien lâcher.

Elle lève la tête, les yeux pleins de larmes. Je ne pensais pas que ce soit possible, mais je crois que je l'aime un peu plus chaque jour.

Ethan rompt le silence en se mettant à tousser. Je tourne la tête vers lui et le fusille du regard. Ella lève les yeux au ciel. Lila lui chuchote quelque chose à l'oreille et sa toux cesse.

Le pasteur nous dit qu'il est temps d'échanger les alliances. Je passe celle d'Ella à son doigt. C'est une bague en argent toute simple. Elle sort la mienne de son écrin et la glisse sur mon annulaire, à la place du joint.

— Je vous déclare mari et femme.

Ça y est. Ella est ma femme et je suis son mari.

Tout le monde nous applaudit et je me penche vers elle pour l'embrasser.

Sous ces branches d'arbres recouvertes de neige et devant ce lac qui fait partie de notre histoire, nos lèvres s'effleurent et notre avenir à deux commence… si sublime et imparfait qu'il soit.

ÉPILOGUE

Deux mois plus tard

Ella

— Debout, jolie fille, murmure Micha à mon oreille.

— Laisse-moi tranquille ! dis-je en écrasant mon visage contre l'oreiller. Je suis trop fatiguée.

— J'ai une surprise pour toi. Je te jure que ça en vaut la peine.

Il dépose un baiser dans mon cou. Je ne bronche pas.

— Bon, je vais prendre une douche. Tu as intérêt à être prête quand je sors.

Il ferme la porte de la salle de bains derrière lui et j'entends le bruit du jet.

Micha me réveille comme ça tous les matins depuis notre départ. Une surprise par jour. Même si j'ai la flemme, je n'arrive pas à lui dire non. Je sors du lit en m'étirant et j'attrape une robe noire dans ma valise. Je l'enfile et je me fais une tresse, que j'attache avec un élastique. Après avoir mis mes sandales, je me rassois sur le lit et, en l'attendant, j'étudie ma bague de fiançailles et mon alliance. Deux mois plus tard, elles me font toujours autant sourire. Elles me rappellent le plus beau jour de ma vie. Le jour où j'ai ouvert mon cœur à Micha. Le jour où il est devenu mien.

Ce jour-là, nous avons beaucoup dansé et nous nous sommes beaucoup embrassés. C'était beau, magique et naïf à la fois, comme tous les mariages. Après, nous avons fait l'amour pendant des heures jusqu'à ce que mon corps ne réponde plus de rien. Puis nous avons préparé nos valises et nous sommes rentrés chez nous, après avoir crevé les pneus de la voiture de Mikey, comme je le lui avais promis.

Nous sommes sur la route depuis un peu plus d'un mois. Nous avions le choix entre voyager en bus avec les autres musiciens et prendre la voiture de Micha. Au final, nous avons décidé de traverser le pays dans sa Chevelle en guise de lune de miel. Nous nous sommes juré de faire l'amour dans chaque État que nous traverserions. Nous en sommes à seize.

Micha sort de la salle de bains avec sa serviette à la main. Il porte une chemise à carreaux rouges qu'il n'a pas encore fermée. Son jean lui tombe sur les hanches et il a les cheveux mouillés. Il est trop beau pour être vrai.

— Je suis tellement heureuse en ce moment… Je commence à me demander s'il y a quelque chose qui cloche !

Micha éclate de rire, roule sa serviette en boule et la jette sur le sol de notre chambre d'hôtel.

— Il n'y a rien qui cloche, jolie fille. Tu as le droit d'être heureuse.

— Je sais. J'espère que tu l'es autant que moi.

Je me lève et l'aide à boutonner sa chemise pendant qu'il se coiffe avec ses doigts.

— Bien sûr que je suis heureux. Tu es là, avec moi.

— Si tes fans t'entendaient parler comme ça, elles seraient encore plus hystériques.

— Je me fiche de ce qu'elles pensent. Il n'y a que toi qui comptes.

Je passe mes bras autour de son cou et je me mets sur la pointe des pieds.

— Où est-ce que tu m'emmènes, aujourd'hui ?

— C'est une surprise.

— Tu dis ça tous les jours !

— Je sais.

Il attrape mon carnet et mon crayon sur la commode.

— Qu'est-ce que tu fais ?

— Tu vas en avoir besoin.

Nous sortons de la chambre, traversons le couloir, quittons l'hôtel et marchons jusqu'à la voiture. Micha démarre et rejoint l'autoroute. En ce moment, nous sommes en Caroline du Sud. On est en février, mais on se croirait au mois de juillet. L'humidité me colle à la peau. Nous longeons l'océan et la plage dorée, et je meurs d'envie d'attraper mon carnet et de les dessiner.

Quelques minutes plus tard, Micha se gare devant un pré verdoyant avec un grand arbre au milieu. De longues branches s'étirent jusqu'au ciel et d'autres tombent vers le sol. Il ressemble un peu à l'arbre de notre adolescence. Je me demande si c'est la raison pour laquelle Micha m'a emmenée ici.

Je tourne la tête vers lui. Il a le sourire jusqu'aux oreilles.

— Avant qu'on parte, tu m'as dit que tu voulais dessiner des choses qui te tiennent à cœur, comme l'arbre dans lequel je grimpais pour te rejoindre dans ta chambre. Vu que cet arbre est très, très loin d'ici, je me suis dit que tu pourrais dessiner celui-là. Je suis passé devant l'autre jour, en rentrant d'une répétition. Il m'a tout de suite rappelé celui de Star Grove.

Décidément, jamais je ne cesserai d'aimer ce garçon.

— Merci, Micha. Je t'aime, et j'adore cet arbre.

— Je t'aime aussi.

Il m'embrasse avec passion et, quelques secondes plus tard, je suis assise sur lui, ses mains sous ma robe.

— Alors, prête à dessiner cet arbre ?

— Oui, mais j'aimerais d'abord te dessiner toi. Parce que tu comptes plus que lui.

— Tu m'as déjà tiré le portrait des centaines de fois...

— Jamais assis sous un arbre.

— Tu dois en avoir marre.

— Jamais je n'en aurai marre de toi, Micha.

— J'adore quand tu me dis des choses comme ça.

Nous nous embrassons encore et encore, puis nous sortons de la voiture et marchons main dans la main jusqu'à l'arbre, heureux de vivre notre vie comme nous en avons toujours rêvé : lui et moi, pour toujours nous.

La série ELLA ET MICHA vous a plu ?

Découvrez sans attendre un extrait d'un autre roman de la collection BLACK MOON ROMANCE

LE DÉFI

JEUX DANGEREUX 1

CHAPITRE 1
MADDIE

Je l'ai détesté au premier regard.

Je ne suis pourtant pas une personne haineuse. En réalité, je suis même particulièrement amicale, mais il y a quelque chose chez Braden Carter qui me hérisse les poils, et ce depuis la première fois que je l'ai vu, il y a cinq semaines.

C'est peut-être ce sourire arrogant et suffisant qu'il affiche quand les filles le suivent des yeux avec admiration, ou peut-être cette façon qu'il a de les déshabiller du regard. C'est peut-être son attitude je-m'en-foutiste et prétentieuse, ou la certitude qu'il a de pouvoir conclure avec n'importe quelle fille du campus. Ou, plutôt, n'importe quelle fille du pays.

C'est peut-être que je suis attirée par lui alors que c'est bien la dernière chose dont j'ai envie, et qu'il me rappelle tout ce que j'ai laissé chez moi, à Brooklyn.

Je m'efforce de chasser ces pensées et continue d'examiner la résidence de la fraternité comme s'il n'existait pas. Ce qui est loin d'être évident, surtout avec les trois filles collées à son bras et à d'autres parties de son corps que je ne nommerai pas. Faut-il préciser que ce type est diaboliquement sexy ?

Il a des cheveux blonds, ébouriffés et dorés par le soleil, des reflets naturels pour lesquels la plupart des filles seraient prêtes à payer une fortune – et d'ailleurs, c'est ce qu'elles font. Ses yeux sont d'un bleu si intense qu'ils paraissent électriques, et sa peau naturellement cuivrée par le climat californien. Inutile d'ajouter qu'il a un corps de rêve, mince et musclé car, après tout, on est *bel et bien* en Californie et, ici, apprendre à surfer dès qu'on tient sur ses deux jambes, c'est une question de survie.

— Arrête de le reluquer.

Kayleigh s'approche de moi et me donne une petite tape sur l'épaule.

— Tu as autant de chances de me voir le reluquer que de me voir faire un strip-tease pour toute la résidence, je réplique.

— Chérie, j'en connais plusieurs qui seraient vraiment pas contre.

Kyle m'adresse un clin d'œil de l'autre côté du bar dans la cuisine et je pousse un soupir.

— Ils peuvent toujours rêver. Ça risque pas d'arriver, Kay.

— Dommage. (Elle me sourit.) Je serais pas forcément contre, moi non plus.

Je secoue la tête, mais avec un sourire. Dès le premier jour où elle est entrée dans notre chambre, il y a cinq semaines, Kay a ouvertement affiché son orientation. Elle est bisexuelle et se fiche que les gens soient au courant. J'ai éprouvé du respect pour elle à la seconde où je l'ai vue. Je trouve sa spontanéité plutôt rafraîchissante.

— Tu es incorrigible, je lui dis d'un air faussement réprobateur.

— Parle pour toi ! (Elle me fait un clin d'œil et claque des doigts vers Kyle.) À boire, trouduc !

— Attends ton tour, la relou, répond-il en remplissant deux shots de vodka avant de les tendre à quelqu'un à l'autre bout du bar.

— Je parie qu'il se précipiterait si c'était toi qui avais demandé, murmure-t-elle à voix pas si basse.

— Tu crois pas si bien dire, Kay ! (Kyle se retourne et me décoche son sourire à cent mille watts.) Tu veux un verre, sublime créature ?

— Ça va, merci, je réponds avec un sourire poli. Mais je suis sûre que Kay est partante, elle.

— Tu déconnes ! (Kay se penche en avant et fait claquer sa main sur le bar.) Quatre shots de vodka, Kyle. Ce soir, je vais lui apprendre la vie, à Miss Maddie.

— C'est parti !

Il aligne quatre petits verres à liqueur.

— Kay, je murmure d'une voix sifflante. Tu sais bien que je ne bois pas !

— Buvais, corrige-t-elle. Buvais pas. Mais maintenant, si.

— Kay.

— Maddie, fait-elle en imitant le ton de ma voix avant de s'emparer des verres que Kyle fait glisser vers nous. Un, deux et *paf*. C'est comme ça qu'on fait, petite fille. Tu réfléchis pas, tu gâches pas. Tu me descends les deux.

— C'est vraiment une mauvaise idée, je murmure en prenant les deux verres, les yeux rivés sur le liquide à l'odeur puissante. Si je vomis, c'est toi qui nettoies.

— Toujours. (Elle fait un clin d'œil.) Prête ? Un, deux et *paf !*

Envoyer. Avaler. Envoyer. Avaler.

L'alcool me brûle en glissant le long de ma gorge et je me tapote la poitrine comme si ça pouvait atténuer la sensation de feu. Kyle m'adresse un petit sourire malicieux.

— Je croyais que tu buvais pas ? demande-t-il.

— Je ne bois pas, je réponds en reposant les verres.

— Je sens qu'elle va nous donner du fil à retordre, celle-là. (Kay s'essuie le menton.) T'es sûre que t'as jamais bu avant, Mad ?

Je hausse une épaule et le mensonge sort de ma bouche sans difficulté.

— Évidemment que j'ai déjà bu de l'alcool, mais pas au point de me saouler.

— … Mais ça, c'était avant ! (Kay frappe de nouveau sur le comptoir.) Kyle, six autres shots.

— De ?

— De n'importe quelle putain de boisson que tu voudras bien nous verser.

— Tant que t'y es, fais-en douze ! s'exclame Lila en se glissant à côté de moi. Trois pour moi, trois pour Megan quand elle arrivera.

— Douze ? Combien de verres vous pensez que j'ai en réserve, les filles ? plaisante Kyle avant d'ouvrir un autre placard.

À l'intérieur, des verres à liqueur sont soigneusement alignés sur toute une étagère.

— J'aimerais pas être à la place de celui qui va devoir nettoyer tous ces verres demain, je glisse.

— Braden. (Kyle éclate de rire.) Moi, je me contente de les servir à vos jolis minois. C'est pas de chance pour lui, mais c'est tout l'inverse pour moi.

Il se penche en avant et dépose trois verres devant moi, avec un sourire qui ferait fondre le cœur de n'importe quelle autre fille. Je hausse un sourcil et attends patiemment qu'il distribue tous les shots.

— J'ai loupé quelque chose ? (Megan se faufile entre Lila et moi, ses cheveux blonds rebondissent comme elle sautille d'excitation.) Oh, ça en fait des verres ! Qu'est-ce qu'on fête ?

— La cuite que Maddie va se payer ! annonce Kay en levant le premier verre.

— Sans blague ! (Megan tourne la tête vers moi.) Pour de vrai ?

— Apparemment, je réponds sèchement.

— Mince alors, Mad. C'est cool !

Elle se trémousse, et aussitôt les yeux de Kyle se posent sur sa poitrine. Côté nichons, Megan est très bien équipée, et elle aime le faire savoir au monde entier.

— Assez discuté ! souffle Lila en attrapant un verre. Un, deux, trois et *paf* ?

— Ouais, carrément !

Kay part d'un grand rire et lève le deuxième verre.

Je prends une profonde inspiration et m'empare de deux shots. Bon sang, mais qu'est-ce qui cloche chez moi, ce soir ? Je ne bois pas, du moins pas de cette manière. Je ne peux pas perdre le contrôle.

— *Paf* ! s'exclame Kay.

Un. Deux. Trois. Feu.

Woooow.

Je cligne plusieurs fois des yeux et déglutis.

— Bord… bon sang !

— Ça marche, glousse Lila. Normalement, Maddie ne dit jamais un seul gros mot !

— Je n'ai pas dit de gros mot ! je lui rétorque. « Bon sang » n'est pas un gros mot.

— D'accord, tu as presque dit un gros mot. (Elle lève au ciel ses yeux noirs soulignés de khôl.) Je vais te faire sortir un vilain mot de ces jolies lèvres roses avant la fin de la soirée !

Je résiste à l'envie de lever les yeux au ciel à mon tour.

— Et moi y a plusieurs choses que j'aimerais faire sortir de ces jolies lèvres roses, fait remarquer Kyle en m'adressant un clin d'œil.

— Sale porc !

Kay lui donne un coup dans le bras par-dessus le bar.

— Bon sang, Kay ! T'as une putain de masse à la place du poing ou quoi ?

Il se frotte le bras.

— Pour toi, mon Kyle chéri, mon poing sera tout ce que tu voudras. (Elle lui jette un regard malicieux et se relève d'un coup en me prenant la main.) Viens, petite fille, on va aller remuer nos popotins !

Je jette un regard implorant à Lila et tire sur le tee-shirt de Megan.

— D'accord, d'accord, j'arrive !

Megan se retourne et entraîne Lila avec elle.

La pièce principale est bondée. Les haut-parleurs crachent de la musique à plein tube et les corps se pressent au milieu de la piste. Un couple s'embrasse sur le canapé – oh mon Dieu. Ah non, ils ont indéniablement dépassé le stade du baiser.

Je détourne les yeux et laisse les filles me tirer à travers la foule frénétique. L'alcool se répand dans mon corps et je me détends un peu, certaine de devoir m'arrêter là ce soir, en ce qui concerne l'alcool. Pas besoin de tenter le diable.

Megan m'attrape par la main et m'oblige à danser, à me laisser aller. De la folie. Voilà ce que c'est. Boire, et maintenant danser.

Ces filles ruinent tous mes efforts.

— Lâche-toi, petite fille ! s'écrie Kay. Ce cher Carter en personne est en train de mater ton petit corps sexy !

Formidable. Tout ce que je voulais – être la prochaine sur sa liste. La prochaine sur une très, très longue liste.

— Il peut toujours mater, je réponds en captant son regard dans le coin de la pièce. C'est tout ce qu'il aura.

Je lui tourne le dos et Lila s'approche de moi en secouant sa chevelure sombre.

— Quelqu'un devrait le remettre un peu à sa place, dit-elle. Certes, il a le corps d'un Apollon, mais il a la tête comme un melon.

— C'est clair, acquiesce Megan. Mais il a toujours été comme ça. C'est Braden, quoi.

Megan et Braden sont tous les deux originaires de la même ville et, d'après ce qu'elle nous a raconté, leurs parents étant assez proches, ils ont grandi ensemble. À part nous, c'est à peu près la seule fille de la soirée qui ne se prosterne pas à ses pieds.

— Tu sais quoi ? fait Kay.

On jette un autre regard vers lui et on découvre une nouvelle blonde pendue à son cou.

— Quoi ? je demande en me détournant de lui, un air de dégoût sur le visage.

— Ce garçon a besoin de savoir ce que ça fait aux autres, de se comporter comme lui. Ce que ça fait de se faire baiser et larguer.

Tous les yeux se tournent vers moi. Je secoue la tête en reculant.

— Oh, non. Non, non, certainement pas !

Je fais volte-face et quitte la pièce, me frayant un chemin dans la cuisine jusqu'au jardin, les trois filles sur mes talons.

— Mad, ça va être trop drôle ! (Lila me prend les mains et se met à sautiller.) Allez !

— Hum. (Megan observe la maison, puis ses yeux glissent vers moi.) Je pense que ça lui ferait pas de mal.

— Non !

Je secoue de nouveau la tête.

— Il suffit que tu te le tapes une fois, argumente Kay. En plus, c'est pas comme s'il était moche, hein ? Je me verrais bien lui claquer ses petites fesses, moi.

— Alors vas-y toi, fais-le !

— Oh, non. (Megan soupire.) Elle peut pas. Kay est peut-être bi, mais tout le monde sait qu'elle préfère les filles, alors il tentera jamais rien. Lila, elle, sort pile avec un de ses amis, et moi j'ai grandi avec lui. C'est un peu comme si c'était mon frère. T'es la seule à pouvoir le faire.

— Je ne comprends pas ce que ça va nous apporter.

Je les regarde à tour de rôle.

— La satisfaction de savoir que ce mec aura finalement envie de ce qu'il ne peut pas avoir, explique Kay en haussant les épaules. Allez quoi, Mad. Ça prendra deux semaines, trois maximum.

— Peut-être un mois, ajoute Megan. Après tout, soit il se lassera et il laissera tomber, soit il tombera amoureux de toi. Il arrête pas de te regarder, Mad. Même en cours, quand tu penses le contraire. Il refuse de me parler de toi, et ça c'est la preuve que tu l'attires. En général, il me détaille par le menu ses conquêtes du week-end.

— Et puis Meg sait comment il fonctionne, ajoute Lila. Alors on a l'avantage.

— En gros, je peux pas vous dire non, c'est ça ?

Je pousse un soupir et passe mes doigts dans mes cheveux.

— C'est ça.

Kay hoche la tête.

— Oh, bon sang. J'ai comme le sentiment que je vais le regretter.

— Maddie Stevens, votre mission, si toutefois vous l'acceptez (elle fait un sourire et tend les mains. Lila et Megan posent les leurs par-dessus), sera de piéger le joueur à son propre jeu. L'acceptez-vous ?

Je prends une profonde inspiration, chaque parcelle de mon cerveau me hurle de dire non et de m'enfuir en courant. Piéger le joueur à son propre jeu. Le type que je déteste parce qu'il incarne tout ce que je voulais laisser derrière moi en quittant Brooklyn.

Mais, plutôt que de prendre la fuite, je pose la main sur la pile devant moi.

— Oui, je l'accepte.

CHAPITRE 2
BRADEN

Je ne suis pas foutu de dire qui est la nana accrochée à mon bras. Je suis presque sûr de ne l'avoir jamais vue de ma vie, mais elle est plutôt sexy, elle a de beaux nichons, du coup je me dis qu'elle peut rester un peu. En même temps, elle n'est pas assez sexy pour que je me la tape, alors elle ne restera pas très longtemps.

Blondinette colle ses lèvres contre mon oreille et je dissimule ma grimace en jetant un regard circulaire sur la résidence de la fraternité. Mes yeux se posent sur Maddie Stevens – Princesse de l'université de Californie à Berkeley.

Elle est assise au bar avec cette fille qui est bi. Merde, comment elle s'appelle, déjà ? Oh, peu importe. Megan et Lila sont avec elle, et je les regarde enchaîner les shots que Kyle leur fait ingurgiter ce soir, avec je ne sais quoi dedans. Elle secoue ses cheveux auburn et la bi l'entraîne avec elle.

Je balaye son corps du regard, vaguement conscient que Blondinette est désormais assise sur mes genoux. Deux globes fermes se pressent contre mon torse, et je sais maintenant sans doute possible que ses nichons sont des faux. Bien trop beaux pour être vrais.

Megan prend Maddie par la main, alors elle sourit, presque timidement. Elle commence à bouger au rythme de la musique et, tout à coup, *putain*, elle est plus du tout timide. Elle glisse sa main libre dans ses cheveux, regarde le sol et remue les hanches en cadence. Elle relève brièvement les yeux et sourit de nouveau, avec plus d'assurance cette fois.

— Putain, elle est trop sexy, dit Aston en faisant irruption à côté de moi.

Ryan apparaît derrière lui.

— Maddie ? je demande, le regard toujours rivé sur son corps en mouvement.

— C'est qui, Maddie ? ronronne Blondinette.

Merde, elle est encore là, elle ?

Maddie relève la tête, et ses yeux verts et brillants se posent sur Blondinette, toujours sur mes genoux. Elle pince les lèvres de dégoût et se détourne.

— Personne, bébé, t'inquiète. (Je l'écarte de moi.) Sois mignonne, va me chercher une bière.

Elle fait battre ses cils tartinés de mascara.

— Bien sûr.

Elle saute à terre et je lui tapote les fesses en reportant mon attention sur les gars.

— C'était qui, elle ? demande Ryan.

— Bonne question, mec. (Je hausse les épaules.) Une meuf.

J'aperçois Maddie qui se fraye un chemin à travers la foule, avec Megan, Lila et Miss Bisexuelle sur les talons.

— Hé, tu crois que les filles seraient furax si je lui courais après ? demande Aston en la suivant des yeux.

— Megan te foutrait la trempe de ta vie. (Ryan lui donne un coup de coude et s'appuie sur le bord du canapé.) Lila et Kay aussi, d'ailleurs.

Kay. C'est ça, le prénom de la bi.

— Même à moi, Maddie me botterait sûrement le cul, j'ajoute en les regardant. Cette fille, avant qu'elle accepte de tomber la culotte, faut passer devant le prêtre avec elle.

— Le mariage ? Tu peux toujours crever. (Aston secoue la tête.) Je suis trop sexy pour ces conneries, mec.

C'est presque vrai, du moins aux yeux des filles du coin. Il n'est jamais à court d'un ou deux petits coups d'un soir pendant le week-end.

— Le mariage ? répète Ryan. Nan, tout ce qu'il faut, c'est faire en sorte que cette nana tombe amoureuse de toi. Tu la fais tomber amoureuse et *hop*, le tour est joué. T'as gagné un cul, et pas des moindres.

Je penche légèrement la tête pour les observer tous les deux.

— Peut-être, mais on dirait une putain de poupée en porcelaine. Si t'y vas trop fort, elle risque de se briser.

— Je la briserais volontiers, moi, dit Aston. Mais ces conneries d'histoire d'amour, ça, je pourrais pas.

— Je pense que toi, tu pourrais, me dit Ryan.

Il me jette un regard tout en buvant une gorgée de sa bière.

— En une semaine ? fait Aston en se tapotant le menton.

— Nan, je dis.

— Un mois, lance Ryan d'un ton catégorique. Ça va pas être du gâteau de lui faire baisser sa garde, mais elle cédera avant la fin du mois. Tu peux y arriver, Braden.

— Mec, t'es conscient que c'est la copine de ta nana ? Tu me demandes de la séduire, de la baiser et de la larguer.

Non pas que je cracherais sur l'occasion de me taper Maddie Stevens. Ma parole, je serais même prêt à payer pour une occasion pareille.

Ryan hausse les épaules.

— Comme si Lila risquait de l'apprendre ! Ce truc reste entre nous trois. Braden Carter qui séduit une fille, c'est pas non plus exceptionnel, si ?

— Vas-y. (Aston sourit.) Fais-la tomber amoureuse. Si quelqu'un en est capable, c'est bien toi.

— J'sais pas.

Je m'enfonce dans le canapé et observe la piste de danse. Elle est de retour – elles le sont toutes les quatre.

Elle fait de nouveau ce truc avec les hanches, en les balançant d'un côté et de l'autre. Elle secoue la tête en riant, agitant sa chevelure. Lila lance un clin d'œil théâtral à Ryan, et il lui renvoie un petit sourire satisfait. Puis elle leur tourne le dos et dit quelque chose qui incite Maddie à jeter un regard par-dessus son épaule. Ses yeux verts croisent les miens. Je lui souris lentement, avec ce sourire qui me fait obtenir tout ce que je veux, suivi d'un petit clin d'œil. Un côté de ses lèvres brillantes se retrousse et elle détourne de nouveau le regard. Ses cheveux suivent le mouvement de sa tête.

— Alors ? Ryan s'enquit avant de me donner une tape sur la tête. Tu tentes le coup ?

— Défi relevé, les gars, je réponds en plaçant les mains derrière ma tête. Dans un mois pile, Maddie Stevens sera folle de moi et dans mon lit. Vous pouvez grave compter là-dessus.

Chapitre 3

MADDIE

Je roule sur le côté, et la lumière qui filtre à travers les rideaux m'arrache une grimace. Quelle quantité j'ai bue, hier soir, exactement ? Trop, visiblement.

— Bonjour, ma belle ! s'exclame Kay en refermant du pied la porte de la chambre.

— Non, on peut pas vraiment dire que c'est un bon jour, je réplique en plongeant de nouveau sous ma couverture.

— J'ai du café et des muffins !

Elle tire sur la couverture et j'ouvre les yeux avec un grognement.

— Pourquoi ? Pourquoi ?

— Pourquoi quoi ?

— Pourquoi j'ai l'impression qu'un troupeau de gnous m'est passé sur le corps ?

— D'une, je vois pas trop le rapport avec les genoux, et de deux, on appelle ça la gueule de bois.

Kay me tend un gobelet de chez Starbucks et mon muffin préféré à la myrtille.

Je m'assois.

— Merci. Et toi, comment tu fais pour être en pleine forme ?

— Je fais partie des chanceuses. (Elle glousse et se jette sur son lit.) Moi, la gueule de bois, je connais pas. Toi par contre, on dirait que si. Meg est comme toi. En général elle est clouée au lit toute la journée.

— Ça me tente bien.

Je bois une gorgée de café.

— Mais pas aujourd'hui, gazouille-t-elle. Aujourd'hui, on se met au boulot.

— Quel boulot ?

Elle lève un sourcil vers moi.

— Tu te rappelles du marché qu'on a passé hier soir ? Ta mission, Miss Bond ?

Ah. L'Opération Piéger le Joueur.

— Je pensais qu'on plaisantait.

— Tu m'as déjà vue plaisanter sur un sujet aussi sérieux que le sexe ?

— D'accord, d'accord. (Je pousse un soupir.) Qu'est-ce que tu entends par se mettre au boulot ?

— On doit élaborer un plan d'attaque !

Elle croise les jambes, à l'indienne, et rebondit deux fois sur le lit.

— Un plan d'attaque, je répète bêtement.

— Ben oui, tu crois qu'on va se lancer là-dedans à l'aveugle ? Oh non, chérie. (Elle secoue la tête.) Braden Carter a nettement plus de charme qu'un farfadet.

— Qui sont des créatures imaginaires.

— Et c'est bien pour ça qu'il est dangereux. Tu essaies de le séduire, mais si jamais il met le paquet, c'est toi qui pourrais finir par tomber amoureuse de lui.

— Et alors, ni baise ni largage, et toute l'Opération Piéger le Joueur tomberait à l'eau.

Je soupire.

— Précisément ! (Elle tape dans ses mains.) Alors on doit mettre au point un plan infaillible pour s'assurer qu'il te donne son cœur sans que toi, tu donnes le tien. Ce serait tout simplement désastreux.

— Kay, je ne sais pas. (Je soupire de nouveau.) Braden Carter ne tombe pas amoureux. S'il a bien une règle, c'est celle-là, juste au-dessus de la règle qui dit que les règles sont réservées aux *losers*. J'ai un mois pour y arriver, c'est ça ? Je ne vois pas comment c'est possible.

— Rien n'est impossible si tu y crois vraiment.

— Mais je ne sais pas si j'y crois.

— Ça viendra, dit-elle avec assurance. Ça viendra

— J'espère que tu as raison. Parce que ça sent l'échec avant même d'avoir commencé.

— *Toc, toc, toc*, les coloc !

Lila ouvre la porte et entre, accompagnée de Megan, un grand rouleau de papier et des marqueurs sous le bras.

— Qu'est-ce que c'est que ça ? je leur demande.

— L'Opération Piéger le Joueur, répond Megan en s'asseyant par terre entre nos deux lits.

Elle déroule le papier, pose un livre à chaque extrémité pour le maintenir à plat, et écrit « OPLJ – Opération Piéger le Joueur » en haut de la feuille.

Je secoue la tête, incrédule. C'est vraiment moi, là, qui suis en train de faire ça ? Moi qui croyais qu'aller à l'université signifiait « devenir adulte », je me trompais. J'ai l'impression d'avoir de nouveau treize ans et d'essayer de coincer mon amoureux pour le forcer à admettre qu il a lui aussi le béguin pour moi.

— Arrête de secouer la tête, fait Lila en grimpant à côté de moi sur le lit. Ça va bien se passer. Tu peux y arriver.

— Les filles, vous vous rendez compte qu'en matière d'amour et de relations, un mois, c'est court ? Et qu'en matière de Braden Carter, un mois, c'est une éternité ? Qui vous dit qu'il ne va pas se lasser et aller voir une de ses pouffes pour réchauffer son lit ?

— Tu dois empêcher ça, me dit doucement Megan. Tu dois faire en sorte qu'il n'ait jamais envie de te quitter. Je te donne une semaine pour éveiller son intérêt, le prendre dans tes filets et ensuite c'est dans la poche.

— Une semaine ?

— Si tu arrives à devenir intime avec lui en une semaine, il tombera amoureux en trois, explique-t-elle en ôtant le bouchon d'un marqueur. Première étape : L'Intérêt.

Elle le note sur le papier et me donne jusqu'à dimanche.

— Attends, tu ne commences même pas à partir de demain !

— Erreur.

Kay secoue la tête.

Lila hoche la sienne, d'accord avec Kay.

— Les gars font un match sur le terrain de la résidence de la fraternité tout à l'heure. On y va toutes.

Je souffle.

— D'accord. Ça commence ce soir.

Megan m'adresse un sourire, le marqueur vert à la main.

— Deuxième étape, la semaine prochaine : Attachement et Test public.

— Ce qui signifie, concrètement ?

Je fronce les sourcils.

— Bisous en public, main dans la main, exclusivité.

Je ricane.

— Les filles, vous avez vraiment une sacrée confiance en moi, vous savez.

— Troisième étape, troisième semaine, poursuit Kay. Sexe imminent, Couple de notoriété publique.

— Tout le monde sera au courant ?

— Ben oui. (Lila hausse un sourcil dans ma direction.) Ce sera tellement plus satisfaisant de coucher avec lui et de le larguer si tout le monde est au courant !

— Ça me semble un peu… dur.

— Il faut frapper fort pour bien faire passer le message, petite fille, dit Kay.

— Elles ont raison, approuve Megan sans relever les yeux de la feuille. J'aime pas trop l'idée de lui faire du mal, mais il faut qu'il comprenne bien la leçon. Vu son attitude au bout de cinq semaines d'université, j'ose pas imaginer comment il sera dans deux ans. Il faut lui faire passer le message clairement, et vite.

— Pourquoi ne pas simplement lui parler ? je tente. Pourquoi tout de suite les mesures extrêmes ?

— Parce que Braden Carter ne comprend que les choses extrêmes.

— D'accord, alors admettons que ça marche. (J'enfonce l'index dans le lit.) Et qu'il tombe amoureux de moi. Je couche, je le largue, et ensuite ? Vous savez bien qu'il ne va pas abandonner comme ça. Il se battra pour me récupérer. Et je ferai quoi ?

Tout le monde se fige, et Megan se redresse en posant l'extrémité du marqueur dans sa bouche. Kay penche la tête sur le côté et Lila se ronge un ongle.

— Je n'ai pas pensé à ça, dit lentement Megan. Si Brad a bien un truc pour lui…

— En plus de l'évidence, tu veux dire ? glousse Lila.

— En plus de l'évidence, acquiesce Megan avec un petit sourire, c'est que quand il veut quelque chose, il ne renonce jamais. Les filles, je n'aime pas devoir dire ça, mais Maddie marque un point. S'il tombe amoureux d'elle et qu'elle le laisse tomber, il va nous péter un plomb pour essayer de la récupérer. Il ne la laissera pas partir si facilement. S'il la laisse partir tout court.

J'écarquille les yeux.

— Et si c'est Maddie qui tombe amoureuse de *lui* ? demande Lila. Et si elle n'arrive pas à coucher et le larguer ?

— Je t'en prie, je réponds en secouant la tête. Braden représente tout ce que je déteste. Il est arrogant, égoïste, et c'est un porc. Aucun risque que je tombe amoureuse de *ça*.

— Mais il est aussi marrant, prévenant et, sous sa façade d'obsédé sexuel, c'est le genre de mec que tu as envie de présenter à ta mère. (Megan soupire.) Je le connais, Mad. S'il veut quelque chose, il fera tout pour l'avoir.

— Alors on lui rappellera tous les jours pourquoi elle le déteste, fait Kay dans un haussement d'épaules.

— Il se peut que ça ne suffise pas.

— Mais si, je réplique fermement. Si, ça suffira.

— D'accord, revenons-en au problème initial. S'il tombe amoureux.

Lila bascule d'avant en arrière en balançant ses jambes.

— On s'en occupera le jour où ça arrivera. (Kay hausse les épaules.) Je vois pas ce qu'on peut faire d'autre.

Hum.

— D'accord. Et la dernière étape ? je demande.

— Quatrième étape, Coucher et Larguer. (Megan l'écrit sur la feuille et l'entoure de petites fioritures.) Je pense que c'est inutile de donner des détails.

— En effet, j'acquiesce. C'est inutile.

J'observe la feuille de papier colorée par-dessus son épaule. Elle est divisée en quatre, une couleur par étape. Je pousse un soupire. Dans quelle histoire elles m'ont convaincue de m'embarquer cette fois-ci ?

CHAPITRE 4
BRADEN

Je m'essuie le visage avec le bas de mon tee-shirt. Ces températures automnales élevées, c'est pas un temps à jouer au football pour la plupart des gars de cette maison. Même moi, j'ai du mal parfois, alors que je joue depuis que je suis en âge de lancer un foutu ballon.

— Pause, crie Tony Adams. S'il vous plaît ?

Je secoue la tête.

— T'es une putain de mauviette, Adams.

— Désolé, je viens du Maine et j'ai pas l'habitude de ces températures désertiques.

— On est pas dans le désert, crétin.

Kyle lui donne une tape à l'arrière du crâne et on se dirige vers l'endroit où sont assises toutes les filles – et Maddie.

— C'est tout comme, grommelle Adams.

Je secoue la tête, attrape une bouteille d'eau et, avec Ryan, je m'approche de Megan et les autres.

— Mesdemoiselles, je fais en souriant à Maddie.

Elle me renvoie un petit sourire.

— Mollo sur la drague, Casanova, me lance Megan en tirant sur mon tee-shirt pour que je m'assoie. Personne n'est intéressé par ici.

— Sauf moi.

Je lance un clin d'œil à Maddie.

— Oui, Braden, on connaît tous l'intérêt que tu portes à ta personne, dit Lila en levant les yeux au ciel.

— Ryan, tiens ta meuf, je taquine.

— Fais gaffe, Carter, Lila rétorque, ou moi c'est tes couilles que je vais *tenir*.

Je souris et capte le regard de Maddie. Elle rit en silence, sexy comme pas deux dans une petite robe estivale qui met ses jambes minces en valeur.

— Alors, Maddie…

Je me penche en arrière.

— Alors, Braden… elle répond en me regardant par-dessous ses épais cils recourbés.

— Pousse ton cul, dit Kyle avant de venir s'asseoir à côté de moi. Salut, les gars, salut, Maddie.

Il lui fait un signe de tête.

— Kyle.

Elle lui adresse un grand sourire et mes poils se hérissent un peu. Je savais que ce mec était grossier, mais putain !

— Comment ça va, sublime créature ?

— Bien et toi ?

— Mieux maintenant que je te vois, ça c'est sûr.

Il fait un clin d'œil, elle sourit.

Je plisse légèrement les yeux et Megan me donne un coup de coude.

— Jaloux, Brad ?

Je ricane.

— De Kyle, c'est ça, ouais.

— D'accord, elle murmure, incrédule. Mais t'es en train de te transformer en Mister Jalousie.

— Cause toujours, Meggy.

— Sérieusement, Brad, si tu veux lui parler, parle-lui. Elle va pas te mordre.

— Ça pourrait me plaire.

— Quel porc ! (Elle secoue la tête.) Je vois bien qu'elle t'intéresse, alors propose-lui de sortir.

— Je sors pas en couple, Meggy, tu le sais. Et si je décidais de l'emmener quelque part, je saurais même pas où.

— Tu lui proposerais un rencard ?

Elle fait un sourire malicieux.

— Je ne dis ni oui ni non. Mais je pourrais l'envisager.

— Au Starbucks. Elle adore les muffins à la myrtille. (Elle sourit, satisfaite et amusée.) Laisse-la juste apprendre à te connaître. Pas le Braden chaud lapin, le vrai Braden.

— Peut-être.

Je tourne de nouveau la tête vers Maddie, et elle nous regarde, Megan et moi, en plissant légèrement les yeux. Elle secoue la tête et je jette un regard interrogateur à Megan. Elle détourne la tête et je secoue la mienne. Les filles. Je serai jamais foutu de les comprendre.

Un rencard. Pourquoi j'ai pas pensé à ça quand j'ai accepté le plan d'Aston et Ryan hier soir ? Comment j'ai pu penser qu'il ne serait pas question de rencard ? Bien sûr qu'il en est question, et il en est déjà question maintenant.

Aston nous appelle pour qu'on reprenne le match, et je me lève en tendant ma bouteille d'eau à Maddie avec un clin d'œil. Elle la prend, un demi-sourire aux lèvres, et, quand je m'éloigne pour rejoindre les autres, je sens son regard sur moi. Kyle retire son tee-shirt et alors, je comprends que tout ça va se transformer en concours de muscles.

C'est un secret pour personne que Kyle a des vues sur Maddie, et si je veux relever le défi que m'ont lancé les gars, je vais devoir passer à la vitesse supérieure.

Je jette un regard par-dessus mon épaule, et son regard est sur Kyle. Putain. J'attrape le bas de mon tee-shirt, le retire et le jette sur Megan. Elle plisse le nez et je ris, remarquant au passage que Maddie a reposé les yeux sur moi.

Parfait.

Kyle plisse les siens et j'affiche un putain de sourire jubilatoire. Je sais que quand je suis torse nu, je le fais passer pour un gamin de dix ans en comparaison.

On se remet tous en place et le match reprend. J'ai bien l'impression que Kyle me cherche de plus en plus souvent, et je sais qu'il essaie de m'afficher comme un con. Heureusement, tout le monde sait que j'en suis un et en ce qui concerne le football, il peut aller se faire foutre bien profond.

Il attrape le ballon et je le plaque. Il tombe la tête la première dans l'herbe et jure.

— J'ai glissé. Désolé, je souris.

— T'as glissé, mon cul !

Il se relève et s'approche de moi.

— Oh là, oh là ! (Ryan bondit pour s'intercaler entre nous lorsqu'il voit mes muscles se crisper.) On descend d'un cran sur la testostérone, les gars. C'est qu'un match de foot.

— Ouais, Kyle, descends d'un cran.

— Si t'essaies de la convaincre que t'es le meilleur de nous deux, bon courage. Elle est pas aussi stupide que ta clientèle habituelle.

Je pars au quart de tour et Ryan pose une main sur mon torse pour me retenir.

— Non, mec. Va te calmer.

Je prends une profonde inspiration et hoche la tête.

— Très bien.

Je shoote dans le ballon et retourne auprès des filles.

— T'es même pas capable de faire un match de foot sans que ça devienne un concours de muscles, Brad ? lance Megan en éclatant de rire.

Je lui jette un regard, récupère mon tee-shirt et reprends ma bouteille des mains de Maddie.

— Tout va bien ? elle demande doucement.

Je bois une gorgée en la regardant.

— Ouais, tout va bien, mon ange.

— Tant mieux.

Elle me sourit et Kay pousse un soupir.

— Je vais me décaler, elle dit d'un air faussement agacé.

— Oh, Kay. (Je m'assois à la place qu'elle vient de libérer.) Comment t'as deviné ?

— Ça se voit que t'as besoin de te reposer.

Elle cligne des yeux et Megan éclate de rire.

— Te reposer avec Maddie, surtout, Lila glousse.

Maddie se met à rougir légèrement.

— Il y a un paquet de choses que j'aimerais faire avec Maddie, mais aucune qui se fasse en public…

Elle ouvre la bouche, la referme. Megan, Lila et Kay éclatent toutes les trois de rire, et je donne un petit coup de coude à Maddie.

— Désolé. Je t'ai pas embarrassée au moins ?

— Non, elle répond d'une voix grinçante. Pas du tout.

Je ris en passant un bras autour de ses épaules.

— Moi je pense que si, et je suis désolé. C'était pas mon intention.

— Ça va, elle réplique, un peu crispée par ma proximité.

— Non, ça va pas, j'insiste.

— Fin du match ! Megan s'exclame, et tout le monde se lève.

Je les imite et tends la main à Maddie. Elle l'accepte et je l'aide à se relever avec un sourire.

— Merci.

Elle me rend mon sourire, retire sa main et commence à suivre les filles.

— Hé, Maddie ?

Elle s'arrête et revient vers moi en calant une mèche de cheveux derrière son oreille.

— Ouais ?

— On a cours de littérature anglaise demain, c'est ça ?

— Ouais.

— Tu as un cours avant ?

— Non, j'ai une heure de libre. En général je vais réviser à la bibliothèque.

— Tu ferais une exception demain ? je demande en m'appuyant contre le mur, face à elle.

— Pourquoi ?

Elle sourit légèrement.

— On pourrait prendre un café avant le cours. J'ai entendu dire que tu aimais les muffins du Starbucks.

Je lui prends une mèche de cheveux et une lueur d'amusement s'allume dans son regard.

— Braden Carter, est-ce que tu es en train de me proposer un rencard ?

Elle hausse les sourcils.

— Hum. (Je jette un regard autour de moi et Megan me tourne le dos. Elle hoche une fois la tête, rapidement.) Oui. Ouais, c'est ça.

— Dis-le.

— Dire quoi ?

— Je veux t'entendre me proposer un rencard, parce que c'est un moment historique.

— Hé ! je proteste. D'accord. Maddie, tu voudrais venir boire un café avec moi demain avant le cours d'anglais ?

Elle fait un grand sourire.

— J'adorerais.

— On se retrouve au Starbucks environ une demi-heure avant le cours, alors ?

— Alors on a rencard, elle acquiesce avant de tourner les talons et de rejoindre les filles.

Je pousse un soupir et secoue la tête. Putain de merde.

CHAPITRE 5
MADDIE

Je fais un détour par la chambre après mes cours de la matinée. Je referme bruyamment la porte derrière moi et m'y adosse.

Je suis sur le point de sortir avec Braden Carter, le playboy en titre, tout ça à cause d'un stupide défi. Mais est-ce le défi qui est stupide, ou moi de l'avoir accepté ?

Je vote pour les deux.

Je me brosse les cheveux et retouche mon maquillage en jetant un œil à la feuille de papier au mur. Première étape, l'Attachement. L'objectif d'aujourd'hui est de lui donner envie de plus, de lui donner envie de revenir demain. Je soupire et quitte la chambre, descends les escaliers en courant et sors sous le soleil de Californie. Ma jupe volette autour de mes cuisses tandis que je me dirige vers le Starbucks du campus, des papillons qui dansent la java dans le ventre. Pourquoi des papillons ? Je hais ce type. Et ce n'est même pas un vrai rencard.

Cette pensée n'atténue en rien les battements sourds de mon cœur quand je l'aperçois. Il est appuyé contre la façade, les écouteurs dans les oreilles, et hoche la tête en rythme. Il a les mains dans les poches de son jean noir moulant. Comme s'il avait senti ma présence, il relève les yeux et son regard bleu électrique croise le mien.

Il sourit en me voyant approcher et les papillons dans mon ventre se transforment en troupeau d'éléphants. J'ai mal au cœur.

— Salut, mon ange, dit Braden en ouvrant la porte pour me laisser entrer.

— Salut. Merci.

— Je t'en prie. (Il pose une main dans mon dos et me guide vers le comptoir.) Qu'est-ce que tu prends ?

— Un double Frappuccino aux pépites de chocolat, s'il te plaît. (Je souris devant son air confus.) Quoi ?

— Des pépites de chocolat dans un café ? Pourquoi ?

— Pourquoi pas ? je réponds avec un haussement d'épaules. C'est délicieux.

— D'accord, je vais essayer aussi.

— Qu'est-ce que tu prends, d'habitude ?

— Heu, un café normal. Tu sais, ce que boivent les gens normaux ?

Il rit.

— Tu es en train de dire que je ne suis pas normale ? je demande en fronçant les sourcils tout en approchant du comptoir.

— Pas du tout. (Il sourit.) Bonjour, je voudrais un, heu, comment t'as dit déjà ?

Il me jette un regard penaud. Je soupire, lève les yeux au ciel et secoue la tête.

— Deux doubles Frappuccino aux pépites de chocolat, s'il vous plaît.

— Et deux muffins aux myrtilles, ajoute Braden en me regardant.

Je rougis légèrement et il glisse une main autour de ma taille. La serveuse vole des regards vers lui alors qu'elle prépare nos boissons. Je me retiens de lever de nouveau les yeux au ciel. On prend nos gobelets et Braden paie.

— C'est toujours comme ça pour toi ? je lui demande tandis qu'on s'assoit.

— Comment ?

— Les filles qui te dévisagent.

— Qui me dévisage ?

— La serveuse. T'as pas remarqué ?

Il hausse négligemment une épaule.

— J'y fais pas trop attention. J'y fais attention seulement s'il y a une bonne raison.

— Oh, je me sens tellement privilégiée, je réplique avec sarcasme.

— Hé, dit-il en haussant un sourcil. Je suis en rencard avec toi, alors tu n'es pas seulement une bonne raison. En fait, tu es probablement une trop bonne raison.

Je sirote mon café et arrache un bout de muffin que je fourre dans ma bouche.

— Alors qu'est-ce que tu fais là ? Si je suis une trop bonne raison.

— Parce qu'on ne sait jamais avant d'avoir essayé, non ? Comme ce café. Je savais pas à quel point c'était bon avant d'essayer. Je saurai jamais si je suis assez bon pour toi avant d'avoir essayé.

Waouh. Braden Carter veut coucher avec moi. *Et pas qu'un peu.*

— T'as gagné, je dis avec un sourire.

— Et Kyle a des vues sur toi. Je supporte pas la concurrence.

— Ah, alors c'était ça, hier.

Ils se battaient pour moi ?

De vrais hommes des cavernes.

— Ça se peut bien, ma belle.

— C'est même sûr. (Je soupire.) Donc vous vous battiez vraiment pour moi ! Moi ? Waouh.

Je secoue la tête.

— Fais pas comme si t'étais choquée, Maddie. On n'est pas les seuls mecs de cette maison à avoir des vues sur toi, avoue-t-il.

— Tu t'es juste dit que tu devais passer le premier ? je fais sèchement remarquer.

— Oui. Enfin, non. Enfin. Merde. (Il grogne.) C'est vraiment pas comme ça que je voulais que ça se passe.

Je jette un coup d'œil à l'horloge.

— Oui. Je me suis dit que je devais passer le premier, mais seulement parce que j'aurais été carrément jaloux de te voir avec un de ces types.

— D'accord. Bon, il faut aller en cours. Ça commence dans cinq minutes.

Braden soupire et on se lève tous les deux. J'emporte ma boisson et on se dirige vers la porte. On retourne sur le campus principal en silence, et je regrette presque qu'on ait cours ensemble. Le silence est tendu, même si je déteste ce mec.

— Maddie, dit-il en m'attirant sur le côté avant d'entrer dans la salle. C'était pas censé se passer comme ça. Je suis désolé.

Je jette un regard à l'intérieur de la classe.

— C'est pas grave, Braden. Enfin, je veux dire, tu ne fais pas dans le rencard toi, d'accord ? Donc maintenant tu sais avec certitude que c'est pas ton truc.

Il tend la main pour caler une mèche de cheveux derrière mon oreille.

— Si, pour moi c'est grave. Laisse-moi retenter ma chance. S'il te plaît ?

Je plisse les yeux.

— Est-ce que tu es en train de me proposer un deuxième rencard ?

— Ouais, dit-il d'une voix douce. Je te propose un deuxième rencard.

— Je vais y réfléchir et je t'appelle.

— Tu n'as pas mon numéro.

Il m'adresse un petit sourire.

Je me dirige vers la salle et me retourne en arrivant devant la porte. Il n'a pas bougé et me regarde toujours avec la même expression sur les lèvres.

— Alors on dirait que tu vas devoir attendre, non ?

Je lui fais un petit sourire narquois et Megan apparaît. Elle nous regarde à tour de rôle.

— Combien de temps ? demande Braden.

— Le temps que j'aurai envie de te faire attendre. (J'adoucis mon sourire.) Allez viens, tu vas être en retard en cours.

J'entre avec Megan et on se glisse à nos places.

— Un deuxième rencard ? me murmure-t-elle à l'oreille.

— Ouais, je réponds. Mais il ne le sait pas encore.

CHAPITRE 6
BRADEN

Je la quitte pas des yeux pendant le cours. Me faire attendre ? C'est pas mon putain de genre, d'attendre. Mais voilà où j'en suis.

J'attends.

Je secoue la tête pour chasser ces pensées et me concentrer sur le cours, mais c'est impossible. La fille que je suis censé rendre amoureuse est en train de mener la danse. J'imagine que c'est ce qui arrive quand on foire le premier rencard, c'est ça ?

C'est déjà le bordel, et c'est seulement le deuxième jour. Et où je suis censé l'emmener pour un deuxième rencard ?

Le cours se termine, et je suis Maddie et Megan à l'extérieur. En passant à côté d'elles, je tire sur une mèche de cheveux de Megan et caresse le bras de Maddie du bout des doigts. Elle lève les yeux vers moi et me sourit. Je lui fais un clin d'œil en m'éloignant dans la direction opposée, vers la résidence de la fraternité.

Quand j'arrive là-bas, Ryan est assis sur le canapé, les pieds relevés.

— Comment ça s'est passé ?

— J'ai foiré, évidemment. (Je me laisse tomber à côté de lui.) Je connais absolument que dalle à ces conneries de rencards, mec. J'arrive pas à croire que tu me fasses faire ça.

— Je te fais rien faire du tout. C'est toi qui as accepté.

— Ouais, eh ben, si jamais elle accepte, faut que je trouve un endroit où l'emmener pour un deuxième rendez-vous.

Ryan se met à rire.

— Qu'est-ce qu'il y a de drôle ?

— Braden Carter qui me demande des conseils en matière de rencard ! (Il glousse.) J'aurais jamais cru voir ça un jour.

— J'aurais jamais cru me voir un jour filer des foutus rencards.

— T'as qu'à essayer vendredi.

— Vendredi ? C'est dans quatre jours et il y a une fête.

— Quel meilleur moyen de lui montrer que tu es sérieux en faisant l'impasse sur ta propre soirée ? Ryan fait en haussant les sourcils.

— Et où j'emmène la princesse pour notre rencard ?

— À la plage ? Faire une balade sous les étoiles, Ryan suggère en imitant une voix de fille, avant de soupirer.

— Génial, je réponds en soufflant. Et en attendant ?

— Pointe-toi quand elle s'y attend le moins. Passe du temps avec elle. (Il hausse les épaules.) Ces conneries, ça a marché avec Lila.

— D'accord. Elle a dit qu'elle passait ses heures de perm à la bibliothèque. Là, par exemple ?

— T'as qu'à demander à Megan quand elle a des heures de perm, mais fais gaffe qu'elle se doute de rien.

— Mec, c'est elle qui m'a dit où emmener Maddie pour notre premier « rencard ». Tu peux être sûr que Megan a une idée derrière la tête.

Il me jette un regard entendu.

— Alors assure-toi de t'en tenir à notre plan et de pas tomber dans le sien.

— Je tombe pas amoureux, Ry. (Cette idée me fait ricaner.) Et certainement pas de princesses comme Maddie.

— Et pourtant t'es prêt à faire semblant pour l'attirer dans ton lit.

— Aux grands maux les grands remèdes, mon pote. J'obtiens toujours ce que je veux, et je veux Maddie dans mon lit.

— Dans ce cas, j'espère que tu sais ce que tu fais. On sait tous comment est Megan quand elle a une idée derrière la tête.

— Megan peut bien se les garder, ses idées. J'y ai jamais fait attention quand on était gamins, et c'est pas aujourd'hui que ça va commencer. En plus, c'est pas comme si ce truc avec Maddie était réel. Tout ça c'est qu'un jeu, mec.

— Un jeu dangereux ? Ryan fait en gloussant.

— Un truc dans le genre. Et celui qui tombe amoureux perd la partie.

— Et Braden ne perd jamais, c'est ça ? Ryan dit avec un sourire ironique.

— C'est ça.

À suivre…

PAPIER À BASE DE FIBRES CERTIFIÉES

hachette s'engage pour l'environnement en réduisant l'empreinte carbone de ses livres. Celle de cet exemplaire est de :
850 g éq. CO_2
Rendez-vous sur www.hachette-durable.fr

« Pour l'éditeur, le principe est d'utiliser des papiers composés de fibres naturelles, renouvelables, recyclables et fabriquées à partir de bois issus de forêts qui adoptent un système d'aménagement durable. En outre, l'éditeur attend de ses fournisseurs de papier qu'ils s'inscrivent dans une démarche de certification environnementale reconnue. »

Composition Nord Compo

Imprimé en Espagne par RODESA
Dépôt légal 1re publication : octobre 2014
31.1113.4 – ISBN : 978-2-01-000835-1

Édition 01 – octobre 2014